VOANDO PARA CASA
E OUTRAS HISTÓRIAS

RALPH ELLISON

VOANDO PARA CASA
E OUTRAS HISTÓRIAS

Tradução
André Capilé

1ª edição

Rio de Janeiro, 2024

Copyright © 1996, Ralph Ellison
Todos os direitos reservados

Copyright da tradução © José Olympio, 2024

Título original: *Flying Home and Other Stories*

Design de capa: Angelo Bottino
Imagem de capa: Untitled (boys playing in the street), de Arthur Leipzig
Diagramação: Abreu's System

Texto revisado segundo o Acordo Ortográfico da Língua Portuguesa de 1990.

Todos os direitos reservados. É proibido reproduzir, armazenar ou transmitir partes deste livro, através de quaisquer meios, sem prévia autorização por escrito.

Direitos desta tradução adquiridos pela
EDITORA JOSÉ OLYMPIO LTDA.
Rua Argentina, 171 – 3º andar – São Cristóvão
20921-380 – Rio de Janeiro, RJ
Tel.: (21) 2585-2000.

Seja um leitor preferencial Record.
Cadastre-se no site www.record.com.br
e receba informações sobre nossos
lançamentos e nossas promoções.

Atendimento e venda direta ao leitor:
sac@record.com.br

Impresso no Brasil
2024

CIP-BRASIL. CATALOGAÇÃO NA PUBLICAÇÃO
SINDICATO NACIONAL DOS EDITORES DE LIVROS, RJ

E43v
    Ellison, Ralph
        Voando para casa e outras histórias / Ralph Ellison ; tradução André Capilé. – 1. ed. – Rio de Janeiro : José Olympio, 2024.

        Tradução de: Flying home and other stories
        ISBN 978-65-5847-162-2

        1 Ficção americana. I. Capilé, André. II. Título.

24-88591
                        CDD: 813
                        CDU: 82-3(73)

Meri Gleice Rodrigues de Souza – Bibliotecária – CRB – 7/6439

SUMÁRIO

Nota do tradutor 7

[Uma farra no parque] 13

Garoto em um trem............................... 25

Senhor Toussan 37

À tardinha 51

Quem dera eu tivesse asas........................ 65

Um, dois indiozinhos escalpelados 89

O meganha de Hymie 113

Nem fiquei sabendo o nome deles 121

[Tem hora que é brabo acompanhar]............. 131

A bola preta da vez............................... 147

O rei do bingo.................................... 163

Em um país desconhecido 181

Uma nevasca de proporções intempestivas........ 195

Voando para casa 207

NOTA DO TRADUTOR

Voando para casa e outras histórias reúne os contos de Ralph Ellison escritos entre 1937 e 1954 — tendo seis deles permanecido inéditos durante toda a sua vida. Bastante mais conhecido, por nós brasileiros, pela publicação de *Homem invisível*, em excelente tradução de Mauro Gama, encontrar agora as narrativas curtas de Ellison nos dá um outro turno de entendimento sobre os grandes temas de que trata — dos quais os conflitos raciais são o fulcro evidente — bem como nos apresenta o autor experimentando formas, como se ensaiasse modelos narrativos e técnicas para o que viria mais adiante em sua obra magna.

Um dos aspectos mais imediatos que chamam atenção é a organização do livro, que não foi realizada por Ellison, mas por John F. Callahan, após ser avisado pela esposa do autor, que havia encontrado uma série de manuscritos, os quais não fazia bem ideia do que eram. Ali foi surpreendido por contos inéditos e outra série de textos que faziam parte de outra obra, inacabada, a que chamava *Juneteenth*, ainda sem tradução brasileira.

O conto de abertura, "[Uma farra no parque]", narra a história de um linchamento a partir da perspectiva de um garoto adolescente branco que, naquele instante, vive uma espécie de rito de passagem. Quase à beira do relato jornalístico, lembra de algum modo uma das influências declaradas de Ellison, os modelos de escrita ficcional de Ernest Hemingway. A rudeza algo seca do relato, com todo um turno de expressões derrogatórias, vai sendo progressivamente potencializada pela violência criada não apenas pelas imagens, mas também pela repetição, que parece interminável, das quarenta e nove entradas da palavra *"nigger"*, que em contexto estadunidense, hoje, é tratada como impronunciável por sua carga racista, sendo codificada como *n-word*.

O livro segue por mais cinco contos, de catorze no total, cujas vozes presentes são de crianças, algumas delas entrando no começo da adolescência. Aqui as particularidades do uso da linguagem se tornam interessantes, por um lado, e um tormento tradutório, de outro. Tomem-se, por exemplo, as narrativas que têm, como centralidade, estruturas dialógicas de dois garotos, Buster e Riley. Uma primeira implicação é o modelo da conversa, pois há um grande torneio, entre eles, na condução das falas por meio de uma estrutura muito afeita às *rhymes*, algo que soa da seguinte maneira: o primeiro da ação diz uma coisa, o seguinte dobra a aposta para entrar no jogo, e assim sucessivamente. Ellison tem formação musical, no que se pode apontar a presença do jazz nessa dinâmica, qual seja: um grande tema é proposto e, daí, outras nuances e desenhos rítmicos são postos no encadeamento das frases, improvisando sobre a base de fundo. Com Buster e Riley, o uso do inglês vernacular afro-estadunidense é levado às últimas consequências, uma vez que são garotos permutando a linguagem doméstica, junto da linguagem da rua.

Justo nesse ponto são colocados os problemas tradutórios mais evidentes. Se nos Estados Unidos o *black English* guarda alguma unidade, com uma regulação mais ou menos normatizada — salvo os aspectos locais do uso de expressões —, não temos no Brasil a mesma unidade de uso linguístico negro. A mecânica das influências afro-indígenas da formação do português brasileiro se dá por outra ordem de fatores, sendo o "pretuguês" — termo estabelecido por Lélia Gonzalez — um modo de falar generalizado, não específico, no Brasil. Daí que as marcas de oralidades, no plural mesmo, apareçam na mixagem de certos comportamentos de marcação rural, tirados dos cantos de preceito já anotados por uma série de pesquisadores, com um certo cacoete aproximado à prosódia do Rio de Janeiro — contando com o interior do estado, de onde venho, e não apenas a carioca. E é sempre bom lembrar que a fixação das oralidades em modelos escritos, cá entre nós, é uma das ficções das línguas. O uso de gírias, ou marcas de linguagem mais localizadas, quase sempre nascem anacrônicas. Algumas aparecem e somem, outras vêm e vão, é o dado comum. Nada é tão contemporâneo, embora possam soar assim — afinal, Tony Manero, no final da década de 1970, já curtia baladas de sábado à noite e não parava de formar caô, como diz Catra, em "Ô simpático", de 2001, e por aí vai.

Ainda na chave dos modos de traduzir as oralidades que permeiam a obra, para não me alongar muito mais, e evitando qualquer nota que vise a esgotar possibilidades de discussão, o conto "Quem dera eu tivesse asas" é um exemplo em tom maior do uso de vozes: há um narrador mais convencional, os dois moleques (Buster e Riley) e tia Kate, cuja língua utiliza para se comunicar optei por verter numa linguagem de preta-velha, com seus usos de "ahm", "sho", e por aí vai.

Daí para diante é pegar carona pelos trens, apostar na alucinação do bingo, encarar brigas de bar, viajar em estado de guerra e, assim, tentar compreender os modelos expressivos de Ellison em *Voando para casa e outras histórias*, cujos modos de dizer apontam para um pensamento que empurra a tradução ao seu exercício mais rigoroso: entender que a radicalidade do uso da linguagem, também do tom, são os fantasmas nos pegando ao pé da letra. Assumir que a tradução é o exercício mais radical da diferença, aquilo que nos converte em outros sendo capturados pela ilusão do mesmo. No caso de Ellison, assim como parte considerável das pessoas negras que escrevem, cabe atender a essa radicalidade da linguagem, a de lá como a daqui,

NOTA DO TRADUTOR

que não vai se consumar mais, nem ser consumida, como pasmada língua plana e sem viço.

Cabe, para fins desta pequena nota, dizer da leitura de Conceição Evaristo, Edimilson de Almeida Pereira, Eliane Marques, Ferréz, Geovani Martins, Jeferson Tenório, Leda Maria Martins, Lucas Litrento, nina rizzi, entre outres/outras/outros, que, em maior ou menor grau, comparecem como fontes de uso forte e radical da linguagem. Também o contato constante em rede com Adriano Scandolara, Andressa Lewandowski, Bernardo Oliveira, Fábio Andrade, Guilherme Gontijo Flores, Júlia Manacorda, Luísa de Freitas e Stephanie Borges, que estiveram presentes em soluções constantes, principalmente quando havia alguma dúvida do ouvido. Agradecido imenso, também, a essas vozes todas.

André Capilé
Março de 2024

[UMA FARRA NO PARQUE]

Eu não sei como aquilo começou. Um bando de caras passou na casa do meu tio Ed dizendo que ia ter uma farra no parque, meu tio me deu um pito pra eu chegar junto, daí marchei com eles no meio da escuridão e da chuva, então lá fomos nós pro parque. Quando a gente chegou lá, todo mundo ao redor tava agitado, quieto e parado de pé sacando o crioulo. Alguns dos homens tinham armas, e um cara ficava cutucando a calça do crioulo com o cano duma espingarda, falando que devia era apertar o gatilho, mas ele nem fez. Era bem em frente ao tribunal, daí o antigo relógio da torre bateu à meia-noite. Caía a chuva fria e, enquanto caía, era gelada. Todo mundo tava com frio, e o crioulo se abraçava todo encolhido tentando parar os calafrios.

Aí um dos garotos abriu passagem no meio da roda e arrancou a camisa do crioulo, e lá ficou ele, com sua pele preta toda tiritando sob a luz do fogo, olhando pra gente com um olhar de susto na cara e botando as mãos nos bolsos da calça. O pessoal começou a berrar pra que matassem logo o crioulo. Alguém berrou: "Tira a mão do bolso, crioulo; a gente vai esquentar teu tamborim daqui um cadinho." Mas o crioulo não escutou ele e ficou com as mãos no mesmo lugar.

Vou te falar que a chuva tava fria. Tive que enfiar as mãos nos bolsos de tão frio. O fogo tava bem baixo, daí colocaram umas toras em volta do palanque em que eles enfiaram o crioulo e depois tacaram um tanto de gasolina, dava té pra ver as chamas iluminando todo o parque. Já era tarde e as luzes da rua tavam apagadas fazia muito tempo. Ficou tão brilhante que a estátua de bronze do general ali no parque ficou parecendo viva. As sombras brincavam em seu rosto verde-bolorento e dava a impressão de que ele sorria pro crioulo.

Eles tacaram mais gasolina, e isso fez o parque ficar mais brilhante, tipo quando as luzes estão acesas ou quando fica escarlate ao pôr do sol. Tudo quanto é carro e carroça estacionava no meio-fio. Mas não era como aos sábados — a crioulada não tava por lá. Não tinha nem um crioulo sequer por ali, exceto Bacote, este crioulo arrastado por eles até ali amarrado na traseira da caminhonete de Jed Wilson. No sábado pintava tanto o criouléu quanto gente branca.

Todo mundo berrava loucamente por causa de ir tacar fogo no crioulo, daí fui pra fileira de trás da roda e dei uma

[UMA FARRA NO PARQUE]

olhada no parque pra tentar contar os carros. A sombra do pessoal tremeluzia nas árvores no centro do parque. Eu vi que a barulheira acordou alguns pássaros que saíram voando do meio delas. Acho que talvez imaginaram que era de manhã. O gelo tinha feito os paralelepípedos da rua reluzirem onde a chuva caía e congelava. Contei quarenta carros antes de perder a conta. Saquei que muito do pessoal devia ter vindo lá da cidade de Phenix, por conta do tanto de carro misturado com as carroças. Deus do céu, tava uma noite dos diabos. Era uma noite até que normal. Quando o alvoroço se dissipou, escutei a voz do crioulo atrás de onde eu tava, então abri o caminho na frente. O crioulo tava sangrando pelo nariz e pelas orelhas, e eu conseguia ver ele todo vermelho por onde o sangue escuro escorria pela sua pele preta. Ele seguia dando pinote, um pé depois do outro, tipo uma franga num fogão pelando. Olhei pra baixo, pro palanque onde tinham colocado ele, e eles o atiçavam pra cima do círculo de fogo pertinho dos pés dele. Aquilo devia tá bem quente pra ele com as chamas quase que tocando seus dedões pretos. Alguém berrou pro crioulo começar a fazer suas preces, mas o crioulo já não dizia coisa com coisa. Ele só gemia com os olhos cerrados e ficava esperneando, pra cima e pra baixo, um pé depois do outro.

Assistia às chamas queimando as toras cada vez mais perto dos pés do crioulo. Elas já queimavam até que bem, a chuva tinha parado e o vento tava aumentando, fazendo as labaredas das chamas irem muito alto. Dei uma olhada

15

e devia ter umas trinta e cinco mulheres na multidão, podia ouvir suas vozes claras e esganiçadas misturadas com as dos homens. Então aconteceu aquilo. Ouvi o barulho quase ao mesmo tempo que todo mundo. Era como o ribombo de um ciclone vindo do golfo, e todos olharam pro céu pra ver o que era. Alguns dos rostos pareciam surpresos e assustados, todos menos o do crioulo. Ele nem escutou o barulho. Nem levantou os olhos. Então o ribombo ficou mais perto, bem acima da nossa cabeça, o vento de ventania ficava cada vez mais e mais forte, e o som parecia que vinha em rodopios.

Então eu vi. No meio das nuvens e da névoa pude ver uma luz vermelha e verde em suas asas. Eu pude vê-las só por um segundo; então arremeteu pra dentro das nuvens baixas. Procurei pelas luzes-piloto no topo dos prédios na direção do campo de aviação que ficava a sessenta quilômetros de distância, e ao redor do circuito não tinha nada daquilo. Era normal você conseguir ver aquilo às voltas varrendo o céu à noite, mas nem tava lá. Então, vinha lá outra vez, tipo um avejão perdido na névoa. Procurei as luzes vermelha e verde, elas não tavam mais lá. Daí, aparecia voando ainda mais perto do topo dos prédios do que antes. O vento soprava mais forte, as folhas danaram a voar, fazendo sombras engraçadas no chão, e os galhos das árvores quebravam e caíam.

Era um temporal, com certeza. O piloto deve ter pensado que tava sobre o campo de aviação. Talvez deve ter pensado que o fogo no parque tinha sido colocado ali pra ele pousar. Vixe, mas isso deu mó sustão no pessoal. Eu tava assustadão também. Eles começaram a berrar: "Vai pousar. Vai pousar." Depois: "Vai cair." Um monte de gente debandou pros seus carros e carroças. Eu podia ouvir os rangidos das carroças e o chacoalho das correntes, os carros engasgando e morrendo quando os motores eram ligados. À minha direita, um cavalo começou a arquejar e bater com os cascos contra um carro. Eu não sabia o que fazer. Eu quis sair voado, depois eu quis ficar e ver o que ia rolar. O avião tava perto pacaralho. O piloto devia tá tentando ver onde que ele tava, daí as turbinas dele tavam abafando todos os sons. Eu conseguia sentir a vibração, meu cabelo até parecia que tava em pé debaixo do meu chapéu. Olhei, por acaso, pra estátua do general, em pé com uma perna na frente da outra e apoiado numa espada, e tava pronto pra dar um pique e escalar entre suas pernas, sentar por ali e assistir quando o estrondo parasse um pouco, daí olhei pro alto e tava aquilo planando por cima das árvores no meio do parque.

As turbinas pararam completamente e eu podia ouvir o som de galhos quebrando e estalando sob o trem de pouso daquilo. Eu conseguia ver claramente agora, tudo prateado e brilhando à luz das chamas, aquele t.w.a. em letras pretas sob suas asas. O avião tava sobrevoando suavemente pra fora do parque, quando atingiu os fios de alta-tensão que atravessam a cidade até a estrada que vai dar lá em Birmingham. Fez um barulhão. Parecia o vento dando um baque na porta de latão dum celeiro. Ele só tinha batido com o trem de pouso, mas deu pra ver as faíscas voando, os fios dos postes tudo solto cuspindo faísca azul, saracoteando feito um bando de cobra e soltando uns rodopios de faísca azul na escuridão.

O avião tinha arrancado uns cinco ou seis fios, eles ficaram dependurados e balançando, daí toda vez que se tocavam saía um monte de faísca. O vento balançava os fios e, quando cheguei lá, tava que era tipo um aerossol no candeeiro cuspindo corisco pela estrada afora. Desabalado, perdi meu chapéu, mas não parei pra procurar. Eu fui um dos primeiros a chegar e dava té pra ouvir os outros se amontoando atrás de mim, se espalhando pelo gramado do parque. O pessoal tava aos berros mandando tudo pro cacete, e vinha geral em tropel, entre encontrões e atropelos, daí uma pessoa foi empurrada contra um fio balançando. Fez um som tipo quando um ferreiro joga uma ferradura embrasada dentro dum barril d'água e sobe fumaça. Eu pude sentir o fedor de carne queimando. Foi a primeira vez que senti o cheiro daquilo. Cheguei bem de perto e era uma mulher. Deve ter matado ela na hora. Ela tava tombada na lama, dura feito um pedaço de pau — o avião tinha derrubado aqueles isoladores de cerâmica dos postes e tinha um monte de caco espalhado ao seu redor. O vestido branco dela tava rasgado e eu vi uma das tetas de fora, pendurada na água, e as coxas. Uma mulher deu um grito, desmaiou e quase caiu num fio, mas um cara a segurou. O xerife e seus homens, com armas reluzentes nas mãos, expulsavam as pessoas aos berros — e tava tudo

[UMA FARRA NO PARQUE]

alumiado de azul pelas faíscas. A descarga elétrica deixou a mulher quase tão preta quanto o crioulo. Eu tava tentando ver se ela também não tava azul, ou se eram só as faíscas, daí o xerife me levou embora dali. Enquanto eu me afastava tentando olhar, escutei os motores do avião começarem a funcionar novamente, mais ou menos à direita, nas nuvens. As nuvens se mexiam rapidão no vento, e o vento soprava sobre mim o cheiro de algo queimando. Eu me virei e a multidão tava indo de volta até o crioulo. Eu podia ver ele parado ali no meio das chamas. O vento tornava, minuto a minuto, as chamas mais brilhantes. A multidão seguiu marcha. Eu também segui. Marchei pela grama afora com a multidão. Não era mais tão grande, já que um monte de gente tinha indo embora quando o avião apareceu. Tropecei e me estabaquei nos galhos duma árvore caída na grama, daí mordi meu lábio. Tá meio ruim ainda, mordi rude. Podia sentir o gosto do sangue na minha boca enquanto eu corria. Acho que esse negócio me deixou nauseado. Quando cheguei lá, pegava fogo na calça do crioulo, e o pessoal tava em volta olhando, mas meio de longe por causa do vento soprando as labaredas. Alguém gritou: "E aí, crioulo, não tá tão frio agora, tá? Cê já não precisa mais ficar com a mão no bolso." E o crioulo olhou pro alto com seus grandes olhos esbranquiçados — té parecia que eles tavam prestes a saltar da cabeça dele, e aquilo era o bastante pra mim. Eu não queria mais olhar. Eu queria sair vazado

19

pra algum lugar e vomitar, mas fiquei. Eu fiquei ali na frente da multidão e assisti.

O crioulo tentou dizer alguma coisa, não consegui escutar por causa do uivo do vento na fogueira, daí eu fiquei todo ouvidos. Jed Wilson gritou: "O que cê disse aí, crioulo?" E veio lá do meio do fogaréu aquela voz de crioulo: "Algum d'ocês, cidadão de bem, corta minha garganta, pufavô?", ele disse. "Algum bom cristão, pufavô, podia cortá minha garganta?" E Jed gritou de volta: "Foi mal, mas neguinho hoje aqui não é nem cristão nem judeu. A gente é só cem por cento americano."

Então o crioulo não deu nem um pio. O pessoal começou a rir com Jed. Ele é muito popular no meio da gente, e ano que vem, diz meu tio, o plano é botar ele de xerife. Tava muito calor pra mim, e a fumaça fazia meu olho arder. Eu tava tentando me afastar quando Jed se abaixou, pegou um galão de gasolina e tacou no fogo bem em cima do crioulo. Eu conseguia ver as labaredas catarem a gasolina e, numa lufada, como se fosse uma lâmina prateada, uma parte pegava no crioulo, dando uns jorros de fogo azulado no peito dele todo.

Bom, aquele crioulo era durão. Tenho que dar o braço a torcer pra esse crioulo; na real mesmo, ele era duro na queda. Tinha começado a incendiar tipo uma casa em chamas e fazia a fumaça feder feito couro queimado. O fogo se alevantava em volta da cabeça dele, e a fumaça era tão carregada e preta que a gente não conseguia ver. Daí ele parou de mexer — a gente achou que tava morto.

Então ele se sacudiu. O fogo queimou as cordas que usaram pra amarrar ele, daí saiu dando pinote e chute às cegas, e cê podia sentir o fedor da pele dele queimando. Ele chutou com tanta força que o palanque, que também tava pegando fogo, caiu, e ele rolou pra fora da fogueira até meus pés. Saltei de banda pra que ele não me acertasse. Nunca vou esquecer isso. Toda vez que eu comer churrasco, vou lembrar daquele crioulo. As costas dele tava tipo um porco pururucado. Eu podia ver as marcas onde as costelas começam, ao redor da espinha dorsal, se encurvando pra baixo e em volta. Era um assombro ver as costas daquele crioulo. Ele tava bem aos meus pés, daí alguém me empurrou por trás e quase que pisei nele, que ainda tava queimando.

Mas não pisei nele, não; daí o Jed, mais outra pessoa, empurrou ele de volta pras tábuas e troncos em chamas, daí tacaram mais gasolina. Eu queria vazar dali, mas o pessoal tava aos berros e eu não conseguia me mexer, exceto pra olhar ao redor e ver a estátua. Um galho quebrado pelo vento tava apoiado em seu chapéu. Eu tentei empurrar e fugir, até porque tinha dado um nó nas minhas tripas, mas eu só consegui dar uma cusparada, e sentia um bafo quente na minha cara, vindo duma mulher mais dois caras parados bem logo atrás de mim. Daí que eu tive que voltar atrás. O crioulo rolou pra fora da fogueira de novo. Ele não ia sossegar, não. Dessa vez o que rolou foi do outro lado. Não consegui ver ele muito bem no meio das chamas e da fumaça. Eles cataram uns galhos de árvore e, dessa vez, seguraram ele por ali até virar cinzas. Eu acho que ele ficou lá. Queimou até virar só cinzas; eu sei disso porque encontrei com o Jed uma semana depois, e ele ria e me mostrava alguns ossos brancos dos dedos do crioulo, ainda com uns pedacinhos de pele grudados. Daí foi isso, saí quando alguém se meteu por ali pra olhar o crioulo. Abri caminho no meio do tumulto e uma mulher vinda lá das fileiras de trás arranhou meu rosto enquanto berrava e lutava pra chegar mais perto.

Corri pelo parque afora até chegar do outro lado, onde o xerife e seus ajudantes guardavam a fiação que ainda estalava e fazia um borrão azul. Meu coração batia como se eu tivesse corrido uma maratona, daí me agachei e vomitei até as tripas. Veio com tudo e aquela bela golfada se esparramou toda pelo chão. Eu tava enjoado, exausto, mole e com frio. Ainda tava um vento forte e grandes gotas de chuva começavam a cair. Desci a rua até a casa do meu tio, daí passei em frente a uma loja que o vento quebrou uma vitrine e tinha vidro na calçada. Eu chutei quando passei. Eu me lembro do galo idiota de um fulano qualquer cacarejando, com aquela ventania, como se fosse de manhã.

No dia seguinte, eu tava fraco demais pra ir embora e meu tio ficou me sacaneando, me chamava de "o incrível cagão de Cincinnati". Eu nem ligava. Ele disse que, com o tempo, vou me acostumar. Nem tinha como ele memo se sair. Tava muito vento e chuva. Levantei e olhei pela janela, tava caindo mó toró e tinha pardais mortos e galhos de árvores espalhados pelo quintal todo. Teve um ciclone, com certeza. Varreu um caminho bem pelo meio do condado, a gente deu sorte daquilo não ter vindo com força total. A calamidade durou três dias, sem cessar, e deixou a cidade numa situação infernal. A ventania alastrou faíscas e incendiou aquela casa branca enfeitada e de grama aparada, a que tinha no jardim uns leões imensos de concreto, na avenida Jackson, e queimou até não sobrar pedra sobre pedra. Tiveram até que matar outro crioulo que tentou fugir do condado logo depois que eles torraram aquele outro crioulo, o Bacote. Meu tio Ed disse que eles sempre têm que matar os crioulos de dois em dois, pra manter o criouléu na linha. Mas, sei lá, acho que o pessoal fica um cadinho arisco com a crioulada. Eles tão tudo por aí, mas andam dum jeito muito mal-encarado. Eles parecem malvados pacaralho quando a gente passa por eles no comércio. Outro dia memo eu tava na loja do Brinkley e um camponês branco disse que não adiantava nada matar os crioulos porque não ia mudar porra nenhuma. Ele parecia faminto feito um cão. A maioria dos camponeses parece faminto. Você ficaria de boca aberta como gente branca faminta pode aparentar. Alguém disse que era melhor ele calar a porra da boca, e ele ficou pianinho. Mas pelo olhar na sua cara, ele não ia ficar calado por muito tempo. Daí saiu da loja resmungando pra si mesmo e cuspiu uma lasca enorme de tabaco mascado bem no chão da loja do Brinkley. Brinkley disse que ele tava puto porque não podia comprar fiado. É daquele jeito, parece que não ajudava em muita coisa. Primeiro foi o crioulo e a tempestade, depois o avião, depois a mulher e os fios de alta-tensão, e agora ouvi dizer que a empresa aérea tá investigando pra descobrir quem causou o incêndio que quase destruiu o avião Tudo isso numa só noite, e essa parada toda por causa de uma tempestade e um crioulo a menos. Foi só mais uma noite normal. Foi, tipo, meio que mais uma farra. Eu bem tava lá, saca? Eu tava lá assistindo tudo. Foi a minha primeira e última farra. Deus, mas não é que aquele crioulo era duro na queda. Aquele crioulo, o tal do Bacote, era um baita dum crioulo!

GAROTO EM UM TREM*

O trem deu um longo, e estridente, apito solitário; dava a impressão de se lançar a toda velocidade ladeira abaixo entre dois morros cobertos de árvores. As árvores estavam cobertas de folhas vermelho-encarnado, marrons e amarelas. As folhas caíam pela encosta do morro e se espalhavam pelas rochas cinzentas ao longo das trilhas opostas. Quando o motor parou de bufar, os garotinhos puderam ver brancas nuvens espalhando as folhas coloridas contra a encosta do morro. O motor chiou e as folhas dançaram no vapor, tipo folharada pela nuvem branca.

— Olha ali, Lewis, o Jack Frost enfeitou as folhas. O Jack Frost pintou as folhas com as cores tudo bonita. Olha lá, Lewis: marrom, roxo, laranja e amarelo.

---

* Originalmente publicado em The New Yorker, 29 de abril e 6 de maio de 1996.

O garotinho apontou e parou após nomear cada cor, seu dedo entortava contra o vidro da janela do trem. O bebê repetiu as cores logo depois dele, procurando atentamente pelo Jack Frost.

Estava bem quente no trem, pois o vagão era muito próximo do motor, o que tornava impossível abrir a janela. Mais de uma vez, as cinzas entravam pelo vagão e caíam nos olhos do bebê. A mulher, de vez em quando, levantava a cabeça do livro para vigiar os garotos. O vagão estava uma imundície e parte dele era usado como bagageiro. Logo à frente, encostado de canto, estava o caixão de madeira. Imagino que pobre alma estava ali dentro, era o que a mulher pensava.

Bolsas e malas cobriam o chão da entrada e, de vez em quando, o mascate entrava para pegar ou doces, ou frutas, ou revistas, que vendia nos vagões dos brancos. Ele vinha e pegava uma cesta de doces, saía, então voltava; pegava uma cesta de frutas, saía, então voltava; pegava as revistas, e por aí ele ia, até entregar todo o serviço; depois começava tudo de novo.

Era um homenzarrão branco e balofo com o rosto vermelho; o menino tinha esperança que lhes desse um pedaço de doce; afinal, ele tinha um monte — e mãinha não tinha um centavo sequer para pagar. Mas ele nem nunca deu.

A mãe lia atentamente, segurando uma página na mão enquanto a esquadrinhava, depois a virava lentamente. Eram os únicos passageiros na ala de assentos reservados para pessoas de cor. Ela virou a cabeça, olhando para a porta que dava para o outro vagão; o mascate estava prestes a retornar. Sua testa franziu com a aporrinhação. O mascate tentou tocar seus seios assim que ela e os meninos entraram no vagão, então cuspiu na cara dele e disse-lhe para enfiar aquelas mãos imundas em outro lugar. O mascate ficou enervado e saiu do vagão com pressa, as cestas sacudiam violentamente em seus braços. Ela o odiava. Por que uma mulher negra não podia viajar com seus dois filhos sem ser molestada?

O trem acabara de passar pelos morros e entrou por pastos que eram divididos por cercas tortas de madeira, que se espalhavam como ondas pardacentas junto às pilhas de milho ao longo do horizonte azul franjado de árvores. As cercas faziam o garoto se lembrar da canção do homem torto que caminhava pela estrada torta.

Pássaros vermelhos davam rasantes passando pelo vagão, mergulhando fundo para dentro do pasto, e em seguida, alçando voo vertiginosamente mais uma vez, ao mesmo tempo em que as imagens ficavam para trás e se viam os postes telefônicos e os pastos se transformando, deslizando muito rápido enquanto o trem se distanciava. Os garotos estavam se divertindo. Era a primeira viagem deles. A roça ganhava um brilho dourado com o verão fora de época. Num pasto, lá para os lados de lá, um menino guiava uma vaca amarrada numa corda e um cachorro latia aos pés dela. Era um cachorro maneiro, um collie, pensou o garoto no trem. Era, sim, aquele tipo de cachorro, isso que era — um collie.

Um trem de carga passou em direção à cidade de Oklahoma, e passou numa velocidade tão grande que seus vagões laranja-e-vermelho mais pareciam um risco de aquarela vazado pela zona cinzenta. O garoto achava graça sempre que pensava em Oklahoma, ele meio que se emocionava. Talvez nunca mais voltassem. Imaginava o que Frank, R.C. e Petey estavam fazendo naquele momento. Colhendo pêssegos para o Sr. Stewart? Aquilo deu-lhe um nó na garganta. Pena que eles tiveram de partir justo quando o Sr. Stewart tinha lhes prometido metade de todo pêssego que conseguissem colher. Soltou um suspiro. O trem apitou num som tristíssimo e solitário.

Bão, agora eles tão indo pra McAlester, onde mãinha vai ter um emprego bom e bastante dinheiro pra pagar as contas. Vixe, mãinha deve de ter sido uma funcionária e tanto pro Sr. Balinger mandar ela vir até Oklahoma trabalhar pra ele. Mãinha ficou feliz em ir, ele ficou satisfeito que mãinha tava feliz; ela agora dava um duro danado no trabalho depois que painho se foi. Ele fechou bem forte os olhos, tentando ver a imagem de painho. Não devia nunca esquecer como era o painho. Quando ele crescesse ia ficar igualzinho mesmo: alto e gentil, sempre brincalhão e lendo livros... *Bão, espera só pra ver; quando ele ficar grande e levar mãinha mais o Lewis de volta pra Oklahoma, todo mundo ia ver como ele cuidava bem de mãinha, e ela ia dizer: "Olha aí, esses são meus dois garotos", e ia ficar muito da orgulhosa. E todo mundo ia dizer: "Olha só, não é que os garotos da Sra. Weaver são dois homens de bem?" Era assim que ia ser.*

Aquela ideia afrouxou um bocado do nó que entalou em sua garganta quando pensou em nunca, nunca mais voltar; daí, se virou para ver quem estava entrando pela porta. Um homem branco e um menininho adentraram pelo vagão e passaram a sua frente. Sua mãe deu uma olhada, e então baixou os olhos de novo para o livro. Ele se levantou e olhou por cima do encosto das cadeiras, tentando ver o que o homem e o menino estavam fazendo. O menino branco segurava um cachorrinho nos braços, acarinhando sua cabeça. O menininho branco pediu para o homem deixá-lo levar o cachorro para fora, mas o homem disse que não, e eles saíram do vagão sacudindo de um lado para o outro. O cachorro devia estar dormindo, porque não emitiu som algum durante todo o tempo. O menininho branco estava vestido como aquelas crianças que você vê nos filmes. Será que ele tinha uma bicicleta?, perguntou-se o garoto.

Ele olhou pela janela. Havia cavalos nesse momento, uma manada deles, correndo e sacudindo sua crina e rabo, quando o apito soava batiam os cascos descontroladamente no chão. Ele viu a si mesmo num cavalo branco, balançando uma c-o-r-d-a-d-e-l-a-ç-o sobre as cabeças dos xucros e gritando "Iupi, iupi, iuhu!", tipo Hoot Gibson nos filmes. Os cavalos animaram Lewis, daí ele bateu com as mãos na janela e gritou: "Upa, cavalinho!" O garoto sorriu e olhou para a mãe. Ela estava olhando por sobre a página e sorrindo também. Lewis era um fofo, ele pensou.

29

Eles pararam em uma cidadezinha do interior. Uns camaradas estavam parados em frente à estação, observando o cabineiro despachar um punhado de jornais. Então vários homens brancos entraram no vagão e um deles disse: "Deve ser este aqui", e apontou para aquela caixa grande, e o cabineiro disse: "Isso aí, tá tudo certinho. É a única que tá tendo nesta viagem, então deve ser essa daí, mesmo." Em seguida o cabineiro saltou do vagão e entrou na estação. Os homens vestiam ternos escuros e camisas brancas. Pareciam muito desconfortáveis com seus colarinhos altos e agiam de maneira muito solene. Eles empurraram a caixa com cuidado e a ergueram pela porta lateral do vagão. Os caras brancos vestindo macacão espiavam lá da gare. Daí colocaram a caixa numa carroça, e o camarada disse "Vam'bora, diacho" para os cavalos e zarparam, os homens na traseira com a caixa aparentavam muita retidão e austeridade.

Um dos caras na gare palitava os dentes e cuspia o tabaco mascado no chão. A estação estava pintada de verde; uma placa na lateral dizia TUBE ROSE SNUFF e exibia uma flor branca imensa; contudo, não parecia em nada com uma rosa. Estava calor, os caras ficavam com as camisas desabotoadas até o peito e usavam lenços vermelhos no pescoço. Eles ficaram parados na mesma posição quando o trem partiu, encarando. Por que, ele se questionou, aquela gente branca encarava daquele jeito?

Na saída da cidade, viu um grande celeiro de tijolos vermelhos atrás de algumas árvores. Ao lado dele estava algo que nunca tinha visto antes. Era alto e redondo, feito do mesmo tipo de tijolo do celeiro. Ele subiu em seu assento e apontou.

— O que é aquele troço altão, mãinha? — ele perguntou.

Ela levantou a cabeça e olhou.

— Aquilo é um silo, filho — ela disse. —É o lugar onde se guarda o milho. — Seus olhos estavam estranhamente distantes quando ela virou o rosto para ele. O sol batia em seus olhos e sua pele era de um tom negro claro e límpido. Ele relaxou em seu assento. *Silo, silo. Quase tão alto quanto o Edifício Colcord, em Oklahoma, que papai ajudou a construir...*

Ele deu um salto, de tão assustado; mãinha estava chamando seu nome com sua voz toda embargada. Ele se virou e havia lágrimas no rosto dela.

— James, venha cá — ela disse. —Traz o Lewis.

Ele pegou Lewis pela mão e se sentou ao lado dela. *O que será que a gente fez?*

— James, meu filho — ela disse. — Aquele velho silo está aqui há muito tempo. Isso me fez lembrar de quando, anos atrás, eu e seu pai viemos por esta mesma antiga linha de Rock Island, que leva até Oklahoma. A gente tinha acabado de casar e estávamos muito felizes indo pro oeste, porque ouvimos dizer que pessoas de cor tinham alguma chance por aqui.

James sorriu ao ouvi-la; ele adorava escutar mãinha contar sobre quando ela e papai eram jovens, também sobre o que costumavam fazer no Sul. No entanto, sentia que alguma coisa qualquer seria diferente. Algo na voz de mãinha era grandioso e elevado, como um arco-íris; contudo, algo triste e profundo, como quando o órgão tocava na igreja, pairava nas palavras de mãinha.

— Filho, quero que você se lembre desta viagem — ela disse. — Você entende, meu filho. Eu *preciso* que você se lembre. Você *deve*, você *tem* que entender.

Algo bateu fundo em James; fez de tudo para entender. Ele olhou para o rosto dela. Lágrimas brotavam de seus olhos, e ele sentiu que ia chorar também. Mordeu os lábios. Não, ele era o homem da casa e não podia agir feito um bebê. Engoliu em seco enquanto a ouvia.

— Se lembre disso, James — ela disse. — A gente veio lá da Geórgia nesta mesma linha de trem quatorze anos atrás, pra que desse jeito as coisas pudessem ser melhores pra vocês, crianças, quando vocês chegassem. James, você precisa se lembrar disso. A gente viajou um tanto procurando um mundo melhor, onde as coisas não deviam ser tão difíceis como eram no Sul. Isso foi há quatorze anos, James. Agora que seu pai foi pra longe da gente, você é o cara. As coisas andam duríssimas pra nós, pessoas de cor, filho; e somos só nós três, a gente tem que ficar juntinho. As coisas são difíceis, e a gente tem que lutar... Ai, Deus Pai, a gente tem que lutar!...

Ela parou, mordeu os lábios enquanto balançava a cabeça, tomada de emoção. James colocou o braço em volta do pescoço dela e acarinhou sua bochecha.

— Sim, mãinha — ele disse. — Não vou esquecer.

Ele não conseguia pegar tudo, mas, ainda assim, entendeu. Era como compreender o que dizia a música, mesmo sem as palavras. Sentia-se preenchido por completo. Neste momento mãinha puxava-o para junto dela; o bebê descansava encontrado a seu outro lado. Aquilo era familiar; desde que painho morreu, mãinha orava com eles, e estava, naquele instante, começando a orar. Ele baixou a cabeça.

Vá conosco e nos guarde, Ó Senhor. Antes éramos eu e ele, Senhor; agora sou eu e seus filhos. E eu sou grata, Ó Senhor. Achou por bem levá-lo, Senhor, e tudo está bem com minha alma, bendito seja em Teu nome. Eu era feliz, Senhor; a vida era como uma sabiá cantando. Tudo que peço agora é ficar com estas crianças, criá-las e protegê-las, Senhor, até que tenham idade o bastante pra seguirem seu caminho. Faça-os fortes e destemidos, Ó Senhor. Dê-lhes força pra enfrentar este mundo. Faça-os corajosos pra ir aonde as coisas são melhores pra nossa gente, Senhor.

James sentou-se com a cabeça baixa. Sempre que mãinha rezava, subia-lhe um calor por dentro e se sentia tenso. Ele guardava na lembrança o rosto de seu pai. Não conseguia se lembrar de ver painho rezando, mas a voz de painho era forte e intensa quando cantava no coral nas manhãs de domingo. James queria chorar, mas, vagamente, sentiu que *alguma coisa* tinha que ser castigada por fazer mãinha chorar. Alguma coisa cruel tinha feito ela chorar. Ele sentiu aquele nó na garganta se transformar em raiva.

Se soubesse o que era, ele dava um jeito; ele mataria essa coisa ruim que fez mãinha se sentir tão mal. Deve de ter sido horrível porque mãinha era forte e corajosa, ela até matava ratos enquanto a mulher branca, para quem ela trabalhava, apenas levantava a saia e berrava com medo deles, feito uma menininha. Se ele soubesse o que era — o que era Deus?

— Por favor, mantenha a nós três juntos nesta cidade estranha, Senhor. A estrada é escura e longa, minhas dores pesam, mas se for da Tua vontade, Senhor, deixa que eu eduque meus meninos. Deixa eu criá-los pra que sejam mais hábeis pra viver esta vida. Não quero viver pra mim, Senhor, apenas pra estes garotos. Faz deles homens fortes e justos, Senhor; faz deles lutadores. E quando meu trabalho na terra terminar, leva-me pra casa, pro Teu Reino, Senhor, a salvo nos braços de Jesus.

Ele ouviu a voz dela se amiudar até o ponto de um lamento de suplício por trás de seus lábios trêmulos. Lágrimas escorriam por seu rosto. James estava tristonho; ele não gostava de ver mãinha chorar, então voltou seus olhos para a janela enquanto ela começava a enxugar as lágrimas. Ele estava contente por ela ter acabado agora, porque o mascate voltaria para o vagão a qualquer minuto. Ele não queria que um homem branco visse mãinha chorar.

Estavam atravessando um rio, neste instante. As vigas arqueadas de uma ponte passaram lentamente pelo trem. O rio estava lamacento e vermelho, correndo junto abaixo deles. O trem parou e o bebê apontou para uma vaca nas margens do rio lá embaixo. A vaca alheada olhando para a água, ruminando, parecia uma daquelas vacas dos álbuns de fotografia de bebês, só não havia borboletas em sua cabeça.

— Au-au! — disse o bebê. Então, questionadoramente: — Au-au?

— Não, Lewis, é uma vaca — disse James. — Mu — ele disse. — Vaca.

O bebê gargalhou, encantado. "Muu-uu." Ele ficou um bocado interessado.

James observou a água. O trem voltou a andar de novo e ele se perguntou por que sua mãe chorava. Não era só que painho tinha partido; não parecia assim só por isso. Tinha outra coisa qualquer. Quando eu for grande, vou matar esse troço, ele pensou. Vou fazer essa coisa chorar como tá fazendo mãinha chorar!

O trem passava por um campo de petróleo. Havia muitos poços no campo; e grandes reservatórios redondos e prateados que brilhavam sob o sol. Um poço estava com tapumes e parecia uma enorme maloca subindo até os céus. Todos os poços apontavam diretamente para o céu. Sim, vou matar isso. Vou fazer chorar. Mesmo que seja o Deus, vou fazer Deus chorar, ele pensou. Vou matar ele; vou matar Deus, vai ser sem dó!

O trem deu um arranque, ganhando velocidade, e as rodas danaram a estalar num ritmo desarranjado em seus ouvidos. Havia muitas placas de anúncio nos campos pelos quais eles passavam. Todas as placas informavam sobre as mesmas coisas à venda. Uma placa mostrava um touro vermelho enorme, e nela dizia: BULL DURHAM.

— Muu-uu — disse o bebê.

James olhou para sua mãe; ela tinha parado de chorar naquele momento e sorriu. Ele sentiu se esvaziar dum bom bocado da pressão. Abriu o maior sorrisão. Queria muito beijar ela, mas agora tinha que mostrar a devida reserva de um homem. Ele arreganhou um sorriso. Mãinha era linda quando sorria. Ele fez jura de nunca esquecer o que ela tinha dito. "Estamos em 1924 e eu nunca vou esquecer", sussurrou para si mesmo. Então olhou pela janela, apoiando o queixo na palma da mão, imaginando o quão mais longe ainda tinha do percurso e se teria algum garoto para jogar futebol em McAlester.

SENHOR TOUSSAN[*]

> Era uma vez a historinha
> Ganso o vinho bebia
> Mico mascava o tabaco
> E ele a cal branca cuspia
>
> (Rima usada como um prólogo
> às histórias de negros escravizados)

— Tomara que esses mané tudo fique podre e que as lombriga entre dentro deles — disse o primeiro garoto.

— Tomara que venha um ventão de tempestade e derrube as árvores tudo — disse o segundo garoto.

---

[*] Originalmente publicado em New Masses, 4 de novembro de 1941.

— Boto fé — disse o primeiro garoto. — E quando o véio Rogan sair pra ver o que rolou, tomara que uma árvore caia na cabeça dele e mata ele.

— Olha só, agorinha, lá longe, aqueles passarinhos — disse o segundo garoto. — Comem tudo o quanto querem e quando a gente pede pra ele deixar catar as migalhas do chão, vem chamando a gente de neguinho e enxota de volta pra casa!

— Putaquilamerda — disse o segundo garoto. — Tomara que os passarinhos tenha veneno nas garras!

Os dois molecotes, Riley e Buster, sentaram-se no chão da varanda, com os pés descalços sobre a terra fria enquanto olhavam o horizonte da calçada, onde o sol dissipava a sombra, até um jardim do outro lado da rua. A grama do jardim era muito verde, e uma casa se punha de pé diante dele, limpa e branca pelo sol da manhã. Uma fileira dupla de árvores se erguia ao lado da casa, carregada de cerejas que exibiam um vermelho profundo contra o verde-musgo das folhas e o opaco marrom-escuro dos galhos. Os dois moleques observavam um senhor que se balançava numa cadeira enquanto os encarava de volta do outro lado da rua.

— Olha só pra ele — disse Buster. — O véio Rogan tá tão num cagaço que a gente pegue uma cerejinha dele que ficou zureta demais pra sair do sol!

— Bom, os passarinhos tão lá ciscando na deles — disse Riley.

— Chamam de vira-bosta.

— Tô nem aí se os passarinhos chamam desse jeito, eles tão metido nas árvores, papo reto.

— Ah é, o véio Rogan nem vê *eles*. Cara, te falar uma parada: essa gente branca não tem nada a ver.

Agora estavam sossegados assistindo ao rasante dos passarinhos para dentro das árvores. Atrás deles podiam ouvir o barulho de uma máquina de costura: a mãe de Riley costurava para gente branca. Estava calmo e, enquanto a mulher trabalhava, sua voz se elevou acima do zunido da máquina numa canção.

— Papo reto, sua mãe tem a manha de cantar, cara — disse Buster.

— Ela canta no coro — disse Riley. — E canta todos os solos na igreja.

— Sei coé, carai — disse Buster. — Cê tá querendo tirar onda?

Enquanto prestavam atenção, ouviam a voz aumentar nítida e fluida a flutuar sobre o ar da manhã:

Eu tenho asas, você tem asas,
Toda criança de Deus tem asas
Quando eu for pro paraíso
Vou colocar minhas asas
Vou clamar em alta voz
O paraíso de Deus
Está em todas as partes.
Paraíso, Paraíso
Todo mundo fala sobre o paraíso

Mas ninguém nunca foi lá
Paraíso, Paraíso,
Ah eu vou voar
O paraíso de Deus
Está em toda parte...

Cantava como se as palavras possuíssem um significado profundo e vibrante para ela, e os garotos, com o olhar impassível do espanto, sentiam a sombria e misteriosa calma da igreja. A rua estava quieta, e até o velho Rogan parou de balançar para ouvir. Por fim, a voz desvaneceu num sussurro e desapareceu sob o zunido abafado da máquina.

— Queria poder cantar assim — disse Buster.

Riley ficou quieto, contemplando a extensão da varanda até o final, no lugar em que a sombra engolia a claridade do sol na esquadria, mirando o esvoaçar brilhante duma borboleta.

— O que cê faria se tivesse asa? — ele perguntou.

— Carai, eu voava tipo uma águia. Num ia parar de voar até chegar a um milhão, bilhão, trilhão, zilhão de quilômetros bem longe desse cacareco de cidade.

— Cara, pra onde cê ia?

— Norte, talvez pra Chicago.

— Cara, se eu tivesse asa eu num ia repousar nem por nada.

— Nem eu. Cacete, com asa cê pode ir pra qualquer lugar, até pro sol, se ele não tiver torrando muito...

— ... Eu ia até Nova York...

— Dar um rolê no meio das estrelas...

— Ia até De-trote, em Michigan...

— Eita porra, cê podia pegar um naco de queijo da lua e um cado de leite da Via Láctea...

— Baixava em qualquer lugar onde os nêgo tão livre...

— Boto fé té que fazia um bate-volta...

— E chapava...

— Eu baixava em África e catava uns diamantes...

— Ah é, e os canibais ia comer ocê e os carai tudinho, também — disse Riley.

— Ia porra ninhuma, numa piscadela e eu já tinha saído voado...

— Cara, eles ia te pegar, daí iam meter uma dessas lança longa no teu rabo! — disse Riley.

Buster gargalhou quando Riley sacudiu a cabeça gravemente:

— Moleque, cê ia ficar igual uma almofada de alfinetes preta quando eles te passassem o rodo — disse Riley.

— Carai, cara, eles não ia conseguir me pegar, essa cambada de otário é um bocado preguiçosa. O livro de geografia diz que é o povo mais preguiçoso do mundo — disse Buster com nojo — só preto e preguiçoso!

— Ah, né nada, num são nem coisa nem outra — explodiu Riley.

— Eles são e muito! O livro de geografia diz que é assim, sim!

— Bão, meu coroa diz que não!

— Cumé que eles não são, então?

— Meu coroa diz que é porque lá eles têm reis, diamante e ouro, também marfim, daí se eles têm essas coisa tudo, tem nem jeito deles tudo ser preguiçoso — Riley disse. — Por aqui nem tem tanta gente preta que compre esses treco.

— Oxe que tem é nada, cara. Os branco não deixa — disse Buster.

Era bom crer que nem todos os africanos eram preguiçosos. Ele tentava se lembrar de tudo o que tinha ouvido sobre África, enquanto observava um pombo planar calmo pela rua, ciscando onde uma cavalaria havia passado. Então, ao recordar uma história que sua professora lhe contara, viu um carro manobrar velozmente rua acima e o pombo abrir as asas, alçando-se facilmente pelo ar, roçando a capota do carro em seu lento e balouçante voo. Ele o observou revoar e sumir lá onde os fios de telefone esticados fatiam o céu para o alto e além. Buster se sentiu bem. Riley riscou suas iniciais na terra fofa com o dedão do pé.

— Riley, cê tá ligado que os caras tudo lá da África não são tão preguiçoso assim, né? — ele disse.

— Tô ligado que não — disse Riley. — Acabei de te falar isso.

— Ah é, mas minha professora também falou pra mim. Ela falou pra gente sobre um desses africanos, um cara chamado Toussan; ela disse que ele esculachou Napoleão!

Riley parou de riscar a terra e mirou de cima a baixo, bolado, com sangue nos olhos:

— Fala sério, agora vai começar de caô?

— Ela que disse essa parada.

— Moleque, cê tem que largar mão de falar essas parada.

— Juro pela minha mãe mortinha atrás da porta.

— Ela falou que ele era *africano*?

— Por tudo que é mais sagrado, cara...

— Sério memo?

— Serinho, cara. Ela falou que ele veio lá dum lugar chamado Haiti.

Riley deu uma encarada em Buster e, vendo a seriedade em seu rosto, sentiu a emoção de uma história crescer dentro dele.

— Buster, aposto um galo que cê tá de caô. O que essa tal professora falou?

— Serião, cara, ela falou que o tal de Toussan, mais seus camaradas, subiram numa daquelas montanhas africanas e enxotaram a tiro aqueles milico frangola, zás, um rebuliço enquanto tentavam subir...

— Eita, meu-Deus-pai-todo-poderoso! — Riley deu um berro.

— Porra, moleque, os cara enxotou a tiro eles tudo! — Buster reafirmou.

— Me fala mais dessa parada, cara!

— Daí eles empurraram tudo ladeira abaixo...

— ... Eeeeita-lelêêêêêê!...

— ... Daí Toussan conduziu eles pela areia ...

— ... Aí sim! E eles tavam vestindo o quê, Buster?..

— Cara, eles usavam uniformes vermelhos e chapéus azuis, tudo emperiquitado com ouro, e tinham umas espadas tudo reluzente, que eles chamavam de o arraso de aço de Damasco...

— O arraso de aço de Damasco!...

— ... Eles metiam essa, serião — reafirmou Buster.

— Que tipo de arma tinha?

— Canhão preto, grandão!

— O véio botou os cara pra correr adonde, cumé que cê chama ele memo?...

— O nome dele era Toussan.

— Tuzan! Assim, tipo Tarzan...

— Não Taar-zan, manezão, Tuuu-zan!

— Toussan! E pra onde o véio Toussan botou eles pra correr?

— Lá pra beira d'água, cara...

— ... Pra beira d'água do rio...

— ... Lá tinha uns barco velho grandão, tavam esperando por eles...

— ... Os capanga, Buster!

— Daí o Toussan meteu bala naqueles barcos...

— ... Ele meteu bala neles...

— ... meteu bala naqueles barcos...

— Ai, Jesus!...

— ... com seus canhão grandão...

— ... Aí, sim!...

— ... feitos de bronze...

— ... Bronze...

— ... daí suas enormes balas de canhão pretas começaram a matar os frangola...

— ... Maneiraço, maneiraço...

— ... Moleque, foi até que os frangola se escangalharam, *Por favor, por favor, senhor Toussan, a gente vai ficar de boa!*

— E o que Toussan disse pra eles, Buster?

— Moleque, ele disse com aquela voz cabulosa, *Eu devia era afogar cês tudo, bando de desgraçados.*

— E os frangola, disseram o quê?

— Eles disseram, *Por favor, por favor, por favor, senhor Toussan...*

... A gente vai ficar de boa — Riley interrompeu.

— Foi issaí memo, cara — disse Buster muito animado. Gesticulava e levantava poeira com os calcanhares, seu rosto negro embrasado numa rebentação de alegria no lero-lero.

— Ah moleque!

— E, então, o que o véio Toussan falou?

— Ele disse com o vozeirão cabuloso dele: *É melhor cês tudo ficar de boa, bando de frangola, quem manda nessa praça é Toussan, o Pica Doce, e meus cria tão tudo doido por carne branca!*

— HA HA HA! — Riley se escangalhou de tanto rir. Aquele lero-lero ainda pulsava dentro dele e queria que a história continuasse...

— Buster, cê sabe que nenhuma professora ia contar uma lorota dessa — ele disse.

— Cara, ela disse, sim.

— É sério que ela disse memo que tinha um camarada assim que chamava a si mesmo de Toussan, o Pica Doce?

A voz de Riley estava incrédula, e havia uma expressão melancólica em seus olhos que Buster não conseguia captar de todo. Finalmente, ele baixou a cabeça e deu um sorriso maroto.

— Então, tá — ele disse. — Aposto que o véio Toussan disse issaí memo. Cê sabe cumé gente grande, eles num consegue contar uma história tudo certinho, tirando gente véia de verdade, tipo a Vovó.

— Certeza, num consegue nada — disse Riley. — Eles nem sabe como colocar os lances certo na parada.

Riley se levantou, arreganhou as pernas, enfiou os polegares pelo passante da calça e ficou metendo uma marra sinistra.

— Bora lá, se liga no que tô fazendo agora, Buster. Desse jeito, aposto que o véio Toussan olhou de cima a baixo praquela gente branca, marromeno parado desse jeito, e disse com voz de veludo e mansinho: *Com todo respeito, eu não acabei de pedir procês, brancaiada, pra parar de encher o saco dos meu?...*

— Issaí memo, vamo parar de encher o saco deles — Buster completou.

— Mas nem, né? Cês tinha tudo que chegar de qualquer jeito...

— ... Só porque eles eram negros...

— Issaí memo — disse Riley. — Então o véio Toussan ficou tão puto que perdeu a cabeça e até lágrima brotou de jorrar...

— Ele ficou putaço.

— Daí, cara, ele disse com aquele vozeirão cabuloso: *Malditos sejam ocês, brancaiada, né possível que cês não consigam deixar a gente que é negro em paz?*

— ... E ele tava aos pranto...

— ... Daí que o Toussan disse pros frangola: *Eu tô exigindo que cês tudo parem de amolar a gente...*

— ... Exijo que cês fique de joelho!...

— Então, cara, Toussan ficou puto de verdade, daí rancou fora o chapéu e começou a pisar nele, enquanto jorrava lágrima ele disse: *Cês vão me contar tudinho desse tal de Napoleão...*

— Eles tavam botando o mó terror nele, cara...

— Disse: *Tô nem aí pro Napoleão...*

— ... Tem nem nada pra saber desse tal...

— ... Toussan disse: *Napoleão né nada mais que um ômi!*
Então Toussan tirou da bainha sua espada brilhante, tipo assim, e estrinçou os frangola pela garganta com tanta força que zum-zum-zum-zuniu pelos ares!

— Já que começou, então termina, cara — disse Buster.

— Então, o que o Toussan fez?

— Então, cê sabe o que ele fez, ele disse: *Eu devia era virar ocês do avesso a base de porrada, bando de frangola!*

— Issaí memo, ele fez essa parada também — disse Buster. Num pulo só ele esgrimiu furiosamente contra cinco soldados imaginários, todos afoitos, cada qual correndo com sua espada imaginária. Buster assistia a ele lá da varanda, mijando de rir.

— Toussan deve ter assustado de montão a brancaiada, eles num morreu por pouco!

— Ah é, issaí foi marromeno assim — disse Buster.

O lero-lero já estava murchando e ele se recostou na varanda, respirando extenuado.

— Tem nem dúvida que essa história é supimpa —
disse Riley.

— Cacete, cara, toda história que minha professora
conta pra gente é supimpa. Ela é das boas, uma professora das antigas, mas sabe coé da parada?

— Nem sei, coé?

— Num tem nenhuma história dessas nos livros.
Quer saber por quê?

— Porra, cê sabe o motivo, o véio Toussan pegava pesado com a brancaiada, é por isso daí.

— Oh, ele era um cara durão!

— Ele era do mal...

— Mas era um do mal do bem!

— Toussan era puro...

— Ele era do bem, imaculado — Riley disse.

— Ah, cara, ele era o máááximo —Buster disse.

— Riiiley!!

Os garotos pausaram bruscamente o jogo de palavras
deles, ficaram de boca aberta.

— Riley, tô chamando! — Era a voz da mãe de Riley.

— Senhora?

— Ela deve ter escutado a gente xingando — sussurrou Buster.

— Cala boca, cara... que cê quer, mãe?

— Eu disse que quero que vocês tudo deem a volta pelo quintal e brinquem lá. Cê tá fazendo um fuzuê aí fora. Depois essa gente branca vem dizer que a gente, quando muda pra vizinhança, arruma um quebra-quebra quando chega e cês aí fora prova que é verdade. Dá a volta lá por trás, agora.

— Poxa, mãe, a gente só tava brincando...

— Moleque, eu disse procês passarem pra dentro.

— Mas, mãe...

— Cê escutou, moleque!

— Tá bão, sim senhora, tamo indo — disse Riley. — Boralá, Buster.

Buster foi atrás vagarosamente, sentindo o orvalho sob seus pés enquanto caminhava pela grama sombreada.

— Cara, ele fez mais o quê? — disse Buster.

— Hein? O Rogan?

— Não, cacete! Eu tô falando do Toussan.

— Cara, eu sei lá, porra; mas vou perguntar praquela professora.

— Cara, esse fiadaputa era um briguento, né não?

— Ele não aturava bobagem — disse Riley timidamente. Ele já estava com as ideias em outro lugar, e enquanto se movia, deslizava os pés mansamente sobre a grama aparada, gingando enquanto cantarolava:

Ferro é ferro,
E lata é lata,
E é assim que é
A história...

— Aí, coé, cara — interrompeu Buster. — Boralá brincar no beco...

E é assim que é...

— Se pá a gente dá um rolê e pega umas cerejas — continuou Buster.

... e a história termina

Riley cantarolou.

À TARDINHA*

Os dois garotos estavam parados nos fundos de um terreno baldio olhando para um poste telefônico. De um poste a outro, os fios pendurados eram de um brilho vivo de cobre sob o sol de verão. Clarões verdes dispararam dos isoladores de cerâmica do poste enquanto os garotos arregalavam os olhos.

— Gozado, não tem nenhum passarinho nos fios, hein?

— É que tem muita letricidade neles. Tem tanto dessa parada que cê pode até ouvir eles zumbindo.

Riley inclinou a cabeça, ouvindo:

— É essa parada que tá fazendo esse barulho? — ele perguntou.

---

* Originalmente publicado em *American Writing*, 1940.

— É óbvio, cara. Tipo assim, é igual cê botar o ouvido no poste duma linha de bonde, dá até pra sacar quando o vagão tá vindo. Cê num tem nem que ver — disse Buster.

— Tô ligado, saco esse lance.

— Pra que serve aqueles treco de cerâmica lá em riba?

— Acho que é pros cara que sobem lá em riba não tomar choque.

Riley sentiu o cheiro da tinta preta do creosoto no poste enquanto seus olhos percorriam aquela superfície áspera.

— Alto feito uma cavala! — ele disse.

— Nem é tão alto assim, duvido que não consigo acertar aquele treco lá na ponta.

— Buster, cê deve tá fumadaço. Tem nem como cê conseguir acertar aquele treco, é altão.

— Sifudê!! Me dá uma pedra.

Eles vasculharam minuciosamente aquele chão batido à procura de uma pedra.

— Achei aqui uma das boa — Riley deu o papo. — Uma pedra oval.

— Joga aqui pra mim e saca só cumé que o mestre Lou Gehrig arrebenta com eles de primeira.

Riley arremessou. A pedra veio alta e rápida. Buster esticou o braço para pegá-la, lançou a perna direita para trás, e então caiu firme de pé.

— Tá fora! — deu um berro.

— Boa, mandou bem — disse Riley.

— Agora é que eu quero ver.

Riley observou Buster enroscar o braço e apontar para o isolador com a mão esquerda. Seu corpo deu uma contorcida e a pedra voou lá para cima.

Crec!

Cacos verdes de cerâmica caíram espatifados. Botaram as mãos no quadril, ficaram olhando ao redor. Um passarinho piou. Um galo cantou. Ninguém gritou com eles e, então, gargalharam alucinadamente.

— Quê que eu te falei?

— Porra! Nunca imaginei que cê pudesse fazer isso.

— É melhor a gente sair fora antes que alguém veja essa parada.

Riley olhou ao redor:

— Bora.

Eles saíram pelo beco.

Galinhas se acocoravam na terra fresca sob uma árvore frondosa. Os dois garotos se escafederam para longe da vista de uma mulher empilhando entulho no quintal do lado. Uma série de cercas se estendia pelo beco, passando por garagens e dependências externas. Caminharam na ponta dos pés, evitando farpas e cacos de vidro, sobre o chão pelando demais para solas descalças. O beco tinha cheiro de poeira e a pungência da queima de folhas secas.

Buster pegou um pedaço de pau e mexeu no mato atrás de uma garagem sem cor. Levantou poeira, o que fez ele espirrar.

— Buster, o que caralhos cê tá fazendo?

— Caçando uma birita, cara.

— Caçando *birita*?

— Oxe, certeza, cara. — Ele parou, apontando: — Tá vendo aquela casa ali na esquina?

Riley olhou na parte de trás de uma pequena casa verde, tinha um monte de banheiras de zinco na grade da varanda.

— Tá, tô vendo — ele disse.

— Os alambiqueiros moram lá pra baixo. Amoitaram tudo por aqui no meio do mato. Moleque, noite dessas a polícia baixou aqui e eles tavam levando as parada pra fora nuns penico e o cacete.

— Em *penicos*?

— Claro, porra!

— Putz, os meganha pegaram eles?

— Porra ninhuma, eles despejaram tudo na latrina. Cara, aposto que todos os peixes do rio Canadian ficaram bebaços.

Eles gargalharam escandalosamente.

Buster escarafunchou no mato mais uma vez, então parou:

— Acho que não tem nada aqui.

Ele olhou para Riley, que estava com aquele ar debochado na cara.

— Quê que tá pegando contigo, moleque?

— Buster, inda tô imaginando os cara despejando a birita latrina afora. Sabe coé a parada? Quando eu era pequeno, meus pais me colocavam num troninho, daí que nas antigas eu pensava que o cramulhão ficava ali debaixo, na dele, enrolando um fumo. Eu tinha mó medão de me sentar ali. Cara, uma vez a minha coroa quis me dar uma surra dos diabos só porque eu não quis sentar lá.

— Cê é maluco, cara — disse Buster. — Eu já te disse que cê é muito doido?

— Sinceramente — disse Riley. — Eu boto mó fé nessa parada.

Caíram na gargalhada. Buster arrastava seu toco de pau por cima da grama. Uma galinha cacarejou no quintal do outro lado da cerca pela qual estavam passando. O som de alguém praticando escalas em um piano flutuou até seus ouvidos. Eles andavam de mansinho.

O caminhozinho, de um lado a outro do beco, era todo cortado por sulcos secos feitos pelas rodas de carroças, o meio dele era todo incrustado de cacos de vidro.

— Onde a gente tá indo? — Buster perguntou. Riley começou a entoar:

*Eu vi a dona lebre no caminho
tava drumindo ali ao pé de vinha.*

Buster seguiu junto:

*entonce eu preguntei donde ela ia.
"cumê cu de curioso, adivinha?"
e sispirulitou nu mei da vinha.*

De repente Buster parou e tapou seu nariz.

— Óia ali um gato véio morto!

— Na mesa de mãinha é que num tá.

— Nem da minha!

— Melhor cê mijar nele, senão vai ter que encarar um churrasquinho — disse Buster.

Então urinaram no cadáver infestado de vermes e seguiram em frente.

— Sempre tem um monte de gato morto aqui no beco. Tem ideia do por quê?

— Acho que é porque os cachorros pegam.

— Meu cachorro comeu tanto gato morto uma vez que ficou doido e morreu — disse Riley.

— Eu nem curto gato. Bicho muito cheio de manha.

— Tá fedendo à vera!

— Tô té prendendo a respiração.

— Também tô!

Passaram voado pelo cheiro. Buster parou e apontou.

— Saca só as maçãs naquela árvore.

— Tão grande pra diabo!

— Demorô, já é, bora pegar umas.

— Sei não, vai acabar é te dando caganeira. E tem mais, tá tudo verde.

— Vou tentar a sorte — disse Buster.

— Cê acha que tem alguém na casa?

— Porra, a gente nem precisa pular a cerca. Saca só, tem um cado delas pendurada cá pra fora no beco.

Andaram até a cerca e olharam pelo quintal. A terra aos pés das árvores estava descoberta e orvalhada. Perto da casa, a grama era curta e bem cuidada. Os pisantes de granito que saíam da garagem formavam um padrão na grama.

— Mora gente branca aqui?

— Não, negros. Os branco vazaram quando a gente veio aqui pra área — disse Buster.

Eles olharam para a árvore: o sol transpassava a folhagem e as maçãs, de um verde fulgurante, que pendiam nos galhos pretos e opacos. Uma lavadeira zumbia num voo rasante fazendo curva. Estava quieto e eles podiam ouvir o tum, tum, tum da batida dos poços de petróleo bombeando lá para os lados do sul. Buster se afastou da cerca e agarrou de pronto seu toco de pau.

— Agora prest'enção. — Buster disse. — Elas vão cair no mato.

O toco rasgou as folhas. Uma maçã chacoalhou entre os galhos, se esborrachando no chão para dentro da cerca.

— Puta merda!

Ele pegou o toco e tacou de novo. As folhas farfalharam; Riley pegou uma maçã. Uma outra caiu perto dos pés de Buster. Ele olhou para a maçã de Riley.

— Eu catei a mais grande! Já que cê tá meio cabreiro de comer, então perdeu, mané.

Riley o observou por um instante, rolando a fruta entre as palmas das mãos. Havia uma manchinha vermelha no verde da maçã.

— Tô nem aí — disse ele finalmente. — Pode ficar com ela.

Ele jogou a maçã para Buster. Buster a agarrou e tocou o chão com a ponta dos pés.

— Peguei!

— Boralá — disse Riley.

Eles caminharam perto da cerca, o mato relava em suas pernas finas. Um pica-pau tamborilava em um poste telefônico.

— Num vou esquecer aquela árvore. Mais logo as maçã vai tá tudo madura.

— Pode crer, mas *esta aqui* craris que já foi de vez — disse Riley. Buster caiu na gargalhada quando viu a cara de Riley se contorcer numa careta carrancuda.

— Acho que a gente precisa dum cadinho de sal — disse ele.

— Porra, cara! Nem águas de salinas vai resolver essa maçã.

Buster riu, e daí, com seu toco de pau, deu uma caceta-da numa lata contra a cerca. Um cachorro rosnou e chei-rou do outro lado. Buster rosnou de volta e o cachorro saiu latindo ao longo da cerca enquanto eles passavam.

— Pega! Pega ele, Rin Tin Tin. Pega! — Riley gritou.

Buster latiu. Eles passaram pela cerca, e o cachorro continuou latindo atrás deles.

Buster largou o toco e encaixou a maçã cuidadosamen-te no meio dos dedos. Riley o observava.

— Saca só, é desse jeito que segura pra mandar uma de curva — disse Buster.

— Diz aí?

— Se liga: mete esses dois dedos desse jeito; daí cê en-fia o polegar por aqui e é só deixar rolar pra fora dos dedos.

Riley pegou sua maçã, do jeito que Buster mostrou a ele; então a enroscou e lançou. A maçã saiu voando pelo beco em linha reta e, de repente, tomou um efeito brusco para a direita.

— Uia! Cê viu como pegou o efeito? Cê pegou o jeito da parada, cara. Cê mete essa e o rebatedor fica até de torcicolo. Riley ficou espantado. Abriu um largo sorriso no rosto e seus olhos miraram Buster com admiração. Buster correu e pegou a maçã.

— Saca só, cê faz assim desse jeito aqui.

Ele enroscou a fruta e arremessou, a maçã zuniu enquanto serpenteava pelo ar. Riley a viu indo em sua direção e, subitamente, ela fez a curva de efeito para longe. Não dava para competir com ele. Então balançou a cabeça, sorrindo:

— Buster?

— Que foi?

— Neguim, cê é o arremessador mais brabo que já vi. Vamo vê se cê acerta aquele poste lá longe, aquele lá perto da cerca.

— Sifudê, cara! Cê deve achar que eu sou o Schoolboy Rowe ou coisa parecida.

— Boralá, Buster, cê consegue.

Buster deu uma mordida na maçã e mastigou enquanto enroscava seu braço. Então, de repente, ele se curvou todinho e estancou aprumado, seu pé esquerdo levantou do chão e o braço direito fez como um chicote para a frente.

Plosh!

A maçã se espatifou contra o poste e explodiu pelos ares em mil pedacinhos.

— Quê que eu te falei? Porra, aquela maçã podre se escangalhou igualzinho quando cê acerta em cheio uma codorna com um trabuco.

— Tô te falando, issaí é ter as manha. — disse Buster.

— Eu sei lá como cê chama isso, só sei que ia achar horroroso cê tacando tijolo em mim — disse Riley.

— Nem fu, cê num viu foi nada. Se tiver na pilha de ver uns cabra bão, segura a onda até a gente passar pela feirinha pra poder nadar no lago Goggleye. Cara, os neguim lá da outra área consegue jogar garrafas de Coca-Cola com tanta força que explode tudo no ar!

Riley rolou de rir.

— Buster, na boa, melhor cê parar com esse caô todo!

— Nem tô de caô, cara. Vê só, pergunta por aí.

— Coé, neguim, coé! — Riley deu uma gargalhada. A saliva borbulhava nos cantos de sua boca.

— Bora dá um pulo lá em casa, tomar uma fresca — disse Buster.

Eles viraram uma esquina e entraram em um curto trecho gramado na frente de um puxadinho acinzentado. Uma brisa soprou da varanda; para Riley cheirava a limpo e novo. As tábuas de madeira da varanda estavam alvacentas. Buster lembrou-se de ter visto sua mãe esfregando a varanda com a água de sabão que sobrou das roupas lavadas. Ele tentou esquecer aquelas roupas.

Uma mosca zumbia na tela da porta. Riley desabou na varanda, balançando os pés descalços.

— Pera um cadinho aí, vou ali ver se acho um rango — disse Buster.

À TARDINHA

Riley deitou-se e cobriu os olhos com o braço.

— Tranquilão. — ele disse.

Buster entrou e foi espantando as moscas da porta. Ele podia ouvir sua mãe ocupada na cozinha enquanto ele caminhava pelo casebre. Ela estava parada diante da janela, passando roupa. Quando ele desceu para a cozinha, ela virou a cabeça.

— Buster, onde cê tava, seu fedelho preguiçoso! Cê sabia que eu precisava d'ocê aqui pra me ajudar com as banheiras!

— Ah, manhê, eu tava no Riley. E eu lá sabia que cê precisava de mim?

— Sabia sim, nem venha! Ômeudeus, quê que eu fiz pra merecer um filho como ocê. Eu me lasco de trabalhar pra te deixar bem aprumado e é assim que me dá paga. E cê me diz "eu lá sabia"!

Buster ficou quieto. As coisas sempre foram desse jeito. Ele pretendia ajudar; ele sempre quis fazer a coisa certa, mas algo sempre o tirava do rumo.

— Oxe, por que cê tá aí com essa cara de bezerro desmamado? Tô muito ocupada agora. Vai lá pra fora brincar.

— Sinsinhora.

Ele se virou e saiu lentamente pela porta dos fundos.

O gato arqueou as costas se esfregando na perna dele enquanto saía pela varanda, pisando manhosamente sobre as tábuas aquecidas pelo sol. O chão ao redor dos degraus ainda estava úmido e alvacento onde a mãe havia derramado a água de sabão das roupas. Em grande velocidade um jato d'água jorrava do hidrante, brilhando pra-

61

teado à luz do sol. De repente, ele se lembrou do motivo que o havia feito entrar na casa. Então, parou e chamou:

— Maaanhêêêêêêêê...

— Quê que cê quer?

— Manhê, o que tem pra comer?

— Meudeusdocéu, cê só pensa no seu bucho. Sei lá. Se estiver com fome, entra aqui e frita uns ovos. Tô muito, muito atolada, não posso parar e, pelamordedeus, me dá sossego!

Buster titubeou. Ele estava com fome, mas não conseguia ficar perto da mãe quando ela estava daquele jeito. Ela sempre ficava assim quando algo dava algum problema entre ela e aquela gente branca. Sua voz soava como um tapa na cara. Ele começou a perambular lentamente na frente da casa. A poeira era densa e seus pés ardiam. Cabisbaixo, ele quebrou um raminho de dona-joana entre os dedos dos pés descalços e observou o caule verde sangrar devagarinho a seiva branca sobre a terra marrom. Uma gota minúscula de leite brilhava em seu dedo do pé e, enquanto caminhava na frente da casa, enfiou o pé na poeira seca e a seiva deixou uma pequena mancha de lama.

Ele desabou ao lado de Riley.

— Cê come rápido assim? — perguntou Riley.

— Nada, mãinha tá puta comigo.

— Deixa pra lá, cara. Meus pais tão sempre me aporrinhando. Eles tão sempre dizendo não faça o que eu faço, faça o que eu digo. Cê devia era ficar de boa por não ter um coroa tipo o meu.

— Ele é malvadão?

— Meu coroa é tão malvado que ele se odia!

— Minha mãinha é bastante má. É só os branquelo deixar ela brava no trampo e minha vida vira um inferno.

— Meu coroa é igualzinho. Moleque, ele chega até enfiá a porrada! Noite dessa ele chegou do trampo e cismou de me esquentar o lombo com um pedaço de fio létrico. Mas minha coroa segurou. Disse: "Duvideodó que cê vai dar nele."

— Queria saber quê que eles querem dizer com isso — Buster disse.

— Sei lá, porra. Meu coroa fala que, hoje em dia, é tudo falta de couro. Falava que a vovó tinha costume de enfiar eles num saco de juta e fazer o diabo, era assim que rolava na cachanga deles. Ele ia fazer comigo igualzinho. Mas minha mãinha segurou ele. Ela falou: "Cê num vai tratar fio meu feito escravo, não. Sua mãe criou ocê feito escravo, mas eu num vou criar ele assim, não; bote fé que eu num vou tocar num fio de cabelo dele!" Daí ele também nem fez. Cara, eu fiquei de boa!

— Porra! Tô de boaça que eu num tenho nem coroa — disse Buster.

— Pera só té eu crescer. Moleque, vou comer meu pai na porrada. Vou aprender a lutar boxe igual o Jack Johnson, só pra chutar o rabo dele.

— Jack Johnson, o primeiro negro campeão mundial dos peso-pesado! — Buster disse. — Cê sabe por onde ele anda?

— Sei nada; acho que no norte de Nova York. Mas aposto que *onde quer que ele esteja*, ninguém mexe com ele.

— Boto mó fé! Ouvi meu tio Luke falar que o Jack Johnson era um lutador melhor do que Joe Louis. Falou que ele era arisco feito um gato. Arisco feito um gato! Sassinhora, cê pode jogar um gato do alto duma casa e ele vai cair em pé. Por deusdocéu, aposto que se ocê jogar um gato lá do céu, esse fiodaputa vai cair de cabeça pra cima!

— Meu coroa tá sempre recitando:

> *Não fosse pelo árbitro,*
> *no limite,*
> *Jack Johnson tinha matado*
> *Jim Jefferie*

Riley disse.

A tarde estava mirrando. O sol se punha em um céu sem nuvens e logo mais se perderia atrás da copa das árvores do outro lado da rua. Uma brisa soprou e as folhas das árvores farfalharam sob o sol. Neste momento eles estavam quietos. Um marimbondo preto-e-amarelo voou sob o beiral, zumbindo. Buster observou-o desaparecer dentro de seu casulo cinza em forma de favo de mel, então se recostou sobre os cotovelos e cruzou as pernas, pensando em Jack Johnson. Uma tela solta bateu com força e fez barulho em algum lugar na rua. Riley estava deitado ao lado dele, assobiando uma melodia entre os dentes.

QUEM DERA EU TIVESSE ASAS[*]

Riley olhou para o pessegueiro, arregalou os olhos com a agitação. Bem ali, onde as flores cor-de-rosa estouravam dos brotos viscosos, uma mamãe sabiá ensinava um sabiazinho a voar. Primeiro, a mamãe passarinho voava um cadinho e cantava para o passarinho filhote segui-la. Porém, o passarinho não se mexia. Aí mamãe passarinho voava de volta e alimentava o filhote, então rodeava a seu redor, daí tentava empurrá-lo do galho e o passarinho se agarrava, com medo.

Ai cacete, por que cê num tenta, pensou Riley. Vam'bora, passarinho. Num assusta, não. Mas o pequeno sabiá só ficou por lá, abanando as asas e piando. Então Riley viu a velha sabiá voar para uma árvore próxima. Óia

---

[*] Originalmente publicado em *Common Ground*, verão de 1943.

lá, ela partiu e ficou brava c'ocê, ele pensou. Eita porra, aposto que eu podia fazer cê voar. Ele resolveu se deitar na varanda ao lado de Buster quando, de repente, viu o filhote da sabiá bater suas asas atabalhoadas e saltar. Sua respiração ficou tensa. O passarinho se debateu no ar, esvoaçando, despencando, caindo; suas asas se agitavam descontroladamente no meio da terra. Começou a se re-mexer. Contudo, lá estava ele, todo desajeitado tentando se erguer e voar até onde a mamãe passarinho grulhava na árvore.

Riley recostou-se. Deu uma espreguiçada. "Arrá, cê me fez de otário", ele sussurrou para o sabiá filhote. "Cê nem tava cum medo de verdade. Cê só num queria que nenhum veiote se metesse c'ocê." Ele ficou de boa. De repente, ficou tenso. Vou pegar um passarinho para mim e ensinar ele voar, tomou decisão. Então, logo que se virou para acordar Buster e lhe contar, ele se mexeu e abriu os olhos.

— Cara, vamo fazer alguma coisa — disse Buster com sua voz rouca. — Cumé que é, cê não tá podendo sair pra lugar nenhum?

Riley precisava esfriar os ânimos. Ele tinha esquecido.

— Ah é, um cagueta entregou que a gente foi atrás da-queles pombos agourentos da igreja, e mãinha mandou a tia Kate me segurar aqui no quintal.

— Ah caralho, aqueles pombos não são da igreja — disse Buster. — Eles só vive lá. Ninguém é dono deles. Agora eu só queria um cadinho daquela boa e velha carne de galinha que voa!

Riley procurou pelo sabiá, viu-o esvoaçar para dentro de uma árvore lá longe, e sentiu uma estranha solidão. Se eu não tivesse que ficar aqui, ele pensou, a gente bem que podia ir catar uns passarinho.

Buster se levantou.

— Acho que eu tô bem sacando ocê, cara. Tô na pilha de armar alguma parada.

— Ah, vai não, pô — implorou Riley. — A gente acha um troço pra fazer... Adivinha! — desafiou com súbita inspiração. — Aposto cê num conhece esse poeminha!

— Coé?

— Ess'aqui:

Se eu sou o presidente
Desse Estados Unidos
Digo, se eu sou o presidente
Desse Estados Unidos
Comia chocolate em barra
Me arreganhava nos portões da Casa Branca —
Crê-em-Deus-pai-todo-poderoso, cara —
Eu me enfiava nos portões da Casa Branca!

— Ah Riiley, só tu memo!!!

Foi só ele abrir a boca. Tia Kate passava desapercebida pela soleira da porta, seu rosto enrugado tremia de raiva.

— Ô! Eu tô falano c'ocê, sô! Ô! Tô falano c'ocê que alevantô o nome do Sinhô Deus meu em vão!

Seus joelhos bambearam, ele não deu nem um pio.

— Que doidice é essa de cê falá que é presidente! Sua mãe num t'ensinô sas coisa, não! Ond'é que cê tá cum a cabeça, sô, vai é metê nós tudo em encrenca. Cê tá d'ideia torta, essa gente branca vai pensá o quê de sua mãinha se soubé de cria sua ser um candenguê preto, que num tem nada milhor de fazê do que matraquear qu'é presidente?

— Era só um poeminha — gaguejou Riley. — Eu num fiz por mal.

— Aaah se foi, mas é poema de tinhoso! Nosso Sinhô Deus meu num dá prova disso e nem os branco tumém.

Tendo um vislumbre do sabiá filhote voando para uma árvore mais distante, ele fez força para parecer arrependido.

— Foi mal, tia Kate.

Ela fez uma cara de alívio.

— Ocê, cafioto meu, tem é que aprendê a vivê certinho enquanto ocê é fiote, quando tivé mais grande vai tê um cadinho mais de sossego. Si num fô isso, ocê vai dá murro em ponta de faca, numa fria dano cabeçada por aí inté morrer. Si hoje eu tô véia como tô é só por causa de que eu num deixei os pensamento tinhoso apoquentá minhas ideia, não — e franziu os lábios em orgulhosa convicção.

Riley olhava para ela cabisbaixo. Era o de sempre, ora Deus, ora gente branca. Não tinha vez que ela não o fizesse sentir culpa, como se tivesse feito algo errado, do qual nunca se lembrava e que nunca seria perdoado. Igual a quando os brancos te olham na rua. De repente, o rosto de tia Kate mudou de uma raiva sombria para uma doçura intensa, deixando-o cauteloso e confuso.

— Ocê, cafioto meu, tem que aprendê as música de Deus meu, nosso Sinhô — radiante, ela cantou:

> *O que eu canto iô-iô, quem*
> *Me dera eu tinha asa feito a pomba*
> *Eu voava até meu Deus*
> *E em paz me descansava*

— Num tem canção mió de cafioto sabê cantá. Suncê tem precisão das asa do esprito santo pra'judá ocê nesse mundo. Deixa eu'scutá, ocê vem cá tentá junto mais eu.

> *O que canto iô-iô, quem...*

A garganta de Riley ficou seca. O sabiazinho já voava para longe da vista. Ele olhou desolado para Buster. Buster desviou o olhar. Tia Kate fez uma pausa, seu rosto parecia aborrecido.

— A-a-acho que num tô... muito a fim de... cantar agora, não, tia Kate — disse ele tremendo de medo.

— Qué dizê, então, que agora cê num tá com vontade! — ela explodiu. — Si eu tivesse ensinano procê um cado daquela tralha do malino que cê tava cantano, aí cê tinha té vontade, né?!

— Ma-ma-mas nem era do mal a música.

— Bate na boca que o que cê tá vomitano aí é disgraça! Já té vi que o capiroto vai corrê pá te pegá, sô! Se ranca daqui, some das minha vista!

Ele foi indo devagar.

— Se saia, peste! Titica de galinha disgracento, cria do cabrunco, isso que cê é! Cê escreve só o qu'eu vô dizê. Antes que o sol se põe, cê vai tá perdido num mato sem cachorro e vô fazê a ira de Deus cair sobre ocê!

Ele foi saindo pela varanda devagarinho e se enfiou na sombra entre as duas casas.

— Eu ia ficar bolado se ela viesse de pinimba pra cima de mim — sussurrou Buster. — Cara, geral diz que, tipo assim, quando gente véia da família roga praga, a praga pega!

Riley se recostou na casa. Nem era um poeminha tão ruim, aquele; era só zoeira. Ele até havia colocado, de sua parte, o pedacinho "crê-em-Deus-pai", para soar melhor. Cacete! Tia Kate é um quebra-cabeça memo, pode ser que, por ela ser muito das antigas, fique nessas de achar que a gente é tudo como os cara nascido nos tempo da escravidão. Tudo o que ela sabia era ir à igreja todas as noites, ler a Bíblia e encher o saco dele enquanto sua mãe trabalhava para gente branca durante o dia. Ela é doida. Aquela canção de véio: *O que canto iô-iô, quem me dera eu tinha asa feito a pomba...* não tem a menor graça cantar essa canção de véio.

De repente, um sorriso floresceu em seu rosto.

— Aí, Buster — sussurrou ele.

— Coé?

Ele cantou com voz rouca:

Tia Kate, quem dera eu ter asa de rola,
Ai meu Deus, ia lamber tudo os peitinho-de-moça,
e a Casa Branca eu meto a portinhola abaixo...

Buster fez um bico com seu lábio inferior e franziu a testa.

— Manezão, melhor cê parar de zoar o cancioneiro da igreja. Tia Kate disse que é pecado.

Riley ficou de riso frouxo. Vai que Deus o punisse. Apertou os lábios. Contudo as palavras continuaram dançando em sua mente. Versos a granel. *A Graça do Senhor é bonita de dá dó. Veio a sapa e deu com a língua na vovó.* Ele engoliu o riso pipocando em giros dentro dele, como o grande planeta azul. Essa parte da "Graça do Senhor" bem vinha do cancioneiro da igreja. Talvez, agora, ele fosse punido de verdade. Contudo, não conseguia mais se segurar, recostou-se na casa e gargalhou.

— Se cê for seguir de deboche com as coisa da igreja eu vou é procurar outros camarada pra brincar — avisou Buster.

— Coé, pô, nem tava rindo dessa parada — ele mentiu.

— Então cê tá rindo do quê?

— Tipo assim, é... tipo, meio que sobre ontem quando caí lá da casa da paróquia...

— Quando a gente tava correndo atrás daquelas galinha que voa?

— Essa parada.

— Essa parada não tem graça, não, ô otário. Cê té ficou chorando mó cota. Tua cabeça num tá doendo, não?

— Só um cadinho — ele disse, tocando a cabeça.

— Aposto que cê tava no mó cagaço — disse Buster.

— Tava porra ninhuma. Fiquei de boaça.

— Coé, neguim, para de formar caô, cê tava chorando igual um bebezão!

— Sifudê, tô dizendo de *quando* eu tava caindo. Chorei porque bati a cabeça.

— Té parece que sou otário — disse Buster. — Cê queria memo era explodir os miolos.

— Sério memo, cara. Deve ser por isso que esses cara branco acham mó onda saltar de avião com seus paraqueda.

— Ah é, só que cê num tinha paraqueda — Buster gargalhou.

Riley caminhou até onde um raio de sol cortava a sombra nos fundos da casa.

— Cara, cê num sabe é nada — disse ele. — Bora lá dar uma sacada nos pintinhos.

Eles chegaram ao galinheiro e balançaram o cercado suavemente, olhando através dele. Pedaços de grãos e excrementos estavam espalhados, a terra dura estava marcada com desenhos estranhos onde as galinhas haviam ciscado. As galinhas os olhavam com ansiedade.

Riley apontou para uma ninhada de pintinhos fofos perambulando em volta duma velha galinha branca.

— Ó lá os pintinho — exclamou. — Eles são muito fofo, né não, cara?

— Pode crer! — Os olhos de Buster estavam um clarão de alegria.

— Escuta aí a zoada que esses camaradinha tão fazendo.

— Putamerda, cara, eles tão de choramingo. Tudo quanto é fedelho choraminga, tipo meu irmãozinho, o Bubber.

— Mãinha chora quando tá na igreja — disse Riley — e ela nem é fedelha.

— Nem é, ela faz issaí quando tá aos berro, cara.

— Num curti o que cê disse aí, não — disse Riley. — Quê cê tá falando negócio deles berrar aí?

— Porque baixa o *espírito*. É por causa dissaí.

— Hã, coé desse espírito?

— O Espírito Santo, ô mané! Cê teve lá no catecismo. Riley sacudia os dedos dos pés no arame.

— Saquei, só sei que essa parada de Espírito Santo deve de doer rude, té porque geral dana a abrir o berreiro e ficar mei abobado — disse, afinal.

— Mãinha fala que é só eles abrir o berreiro, daí é que eles fica de boa — disse Buster.

— Boto fé, se fica de boa ou não, só sei é que quando vejo mãinha aos berro, tipo assim, eu fico com tanta vergonha que nem sei onde enfio a cara — ele disse tenso.

73

— Num faz o menor sentido cê ter que abrir o berreiro antes de ficar de boa.

Ele viu dois galinhos mergulhando de cabeça no quintal, batendo suas asas curtas e cacarejando.

— Frango é bicho muito doido! — exclamou Buster.

— É só olhar praqueles dois galeto idiota indo lá longe! Riley os enxotou com um aceno desdenhoso com a palma da mão.

— Cara, nem galo eles são. Te mostrar um galo de *verdade* ali — disse ele, apontando.

— Crê-em-Deus-pai! Esse galo deve ser o chefão!

— Ele memo. Bico Véio é o nome dele.

— Bico Véio!

— Cara, ele pode espancar qualquer coisa que vista penas — gabou-se Riley.

Buster deu um assobio de admiração. O brilho sedoso da plumagem vermelha e verde-escura do galo ondulava ao sol. Bico Véio cacarejou para as galinhas e se pavoneou, sua crista vermelha brandia em orgulhosa dignidade.

— Ó só aquele otário — exclamou Buster — alevantando os pé pra cima e pra baixo feito um padreco gordão.

— Saca só as espora dele — gritou Riley. — Saca só as espora dele!

— Putaquilamerda! É melhor as galinha ficar de butuca nesse mané!

— Ele pode brigar com elas também, cara. Na hora que ele meter as espora numa galinha qualquer dessas daí, vai só mandar de rolê direto lá pras banda da terra prometida.

Bico Véio cacarejou baixinho e as galinhas debandaram para onde ele ciscava.

— Mermão, mermão! Ele é o galo seresteiro mais brigão do velho oeste, nem tem igual no mundo todo!

De súbito, o galo bateu as asas e cantou, o som de peito inchado e o pescoço arqueado para a frente.

— Saca só aquele fiadaputa!

— Aaaaaaí sim, canta Bico Véio!

— Cara, e num é que é o próprio Li'l Gabriel!

— Porra ninhuma, ele é o Louie Armstrong das galinha!

— Assoprano seu trompete dourado... é um ai Jesus!

— Mostra presses galo quem é que manda...

— E ninguém fica de bobeira...

— Fala tu, Bico Véio, *Diz lá pros cachorro louco, pra malandragem dos gato, mandar bem no sapatinho, ou vai pro ralo co's rato* — Riley mandou sua rima — *o Bico Véio chegou e ele é quem manda na área.*

— Nananinanão, mané. Ele é o Louie Armstrong das galinha cantando "Hold That Tiger..."

— Oié, mandando aquele tigre não pagar de otário...

— Daquele jeito, mandando altão a nota *pim*...

— Coé, neguim, nem tem *pim* na corneta. É *dó ré mim*... — cantou Riley.

— Ah, mas tem, tem é muito. Quando Louie toca, tem. É *dó ré mim fá sol lá sim* e *pim* também!

75

Eles se escangalharam de tanto rir. O Bico Véio arqueou o pescoço e engoliu em seco, o bico aberto era afiado feito lâminas curvas de uma tesoura.

Riley se recompôs.

— Meu coroa tem mó orgulho desse galo — disse ele.

— Cê quiser ver ele puto, só dizer que passaram o carro no Bico Véio. No proceder, ele é mó responsa, só sei que se eu morrer e voltar do além como um passarinho, tipo o lance que a tia Kate diz que o povo faz, eu queria só ser tipo o Bico Véio.

— Eu, nem — disse Buster. — Num ia querer voltar tipo um galo, não.

— Causa de quê? Bico Véio é mó galã e bom de porrada tipo o Joe Louis!

— Vai pra porra, ele num sabe nem voar!

— Sifudê, é ruim de não, ele voa sim!

— Sabe nada, *nenhum* galo sabe!

— Eu vou te provar essa parada!

— Riley, cê tá maluco. Como que cê vai dar prova que um galo pode avoar?

— Mole, pô. Eu vou subir em cima do galinheiro e cê pega o Bico Véio pra mim...

— Ih, nem — disse Buster. — Nem memo. Eu que num vou tomar essas esporada tudo, não.

— Cê me dá nos nervo — Riley até cuspiu de desgosto.

— Ah é? Se liga, em mim não tá pegando nada.

— Tranquilão, cê vai lá pra riba e eu pego ele aqui procê. Sussa?

— Sussa. Acho que ele não vai esporar em mim quando tiver no alto.

Riley deu aquela olhadinha furtiva para onde comumente tia Kate se sentava na janela da cozinha, então entrou no quintal, fechando o portão atrás de si.

— Vem logo, cara — chamou Buster do telhado. — Tá quente à vera aqui.

— Me dá um tempo — pediu Riley. — Só me dá um tempinho.

Moveu-se na calada em direção ao Bico Véio, bem rente à cerca. As galinhas cacarejaram. Bico Véio zanzava zangado, a cabeça chacoalhava rapidamente.

— Fica ligado cum esse mané — Buster deu um berro.

— Cê sabe cum quem cê tá falando? *Vem cá pro papai, Bico Véio!*

Quando ele esticou a mão, lá veio o grande galo, as penas de seu pescoço se destacavam feito uma juba e esperneava pelo ar, esporeando. Riley cobriu o rosto com o braço.

— Panha ele de tocaia, cara!

Ele deu o bote, agarrando-o. Levantou poeira. O Bico Véio tropicou no chão e saiu saracoteando. Riley deu um mergulho, vendo o Bico Véio se bater feito um espanador cheio de pompa.

— Quê que eu te falei desse manezão? — disse ofegando.

—Tem nem caô. *Saca só ele!*

O ataque pegou Riley desprevenido. Veio num zás--trás, aterrissando com força. Ele não conseguia respirar. O galo galgou sobre ele. Ele protegeu seus olhos. O galo arranhava-lhe as pernas, bicava-lhe o rosto. Ele sentiu uma espora perfurar sua camisa, a ponta enfiada em suas costelas. Malignos olhinhos amarelos, idosos como os da tia Kate, bailavam cabulosamente sobre seu rosto. Quando sua mão fez contato com uma perna calosa, ouviu sua camisa rasgar e se embolou, o cheiro pungente e intenso de penas empoeiradas entrou por suas narinas. Ofegante, se pôs de pé. Bico Véio chacoalhou vigorosamente, as pernas ásperas e escamosas seguras em suas mãos, o bico afiado apunhalava.

— Segura a onda aí té eu descer! — gritou Buster.

— Caceta, agora ele foi quase — ofegou. Segurou o galo acima da cabeça, tentando manter seu rosto longe do bater das asas. Bruscamente, prendeu pelos flancos as asas do Bico Véio, que se agitou, daí seu corpo se desequilibrou, fazendo o galo desabalar pelo quintal. O ar virou um poeiral quando o Bico Véio deu aquela patinada. Riley rodopiou, espirrando e correndo até o portão, então parou. O galo estava sacudindo a poeira de suas penas. Vigiando-o com o canto do olho, Riley caminhou devagar, deliberadamente, para que Buster não achasse que ele estava com medo. Diante dele, a galinha matrona arrebanhava sua ninhada para fora do caminho. Obedecendo a um impulso repentino, ele pegou dois dos pintinhos e saiu rapidamente portão afora.

— Melhor cê sair fora daí, otário — advertiu Buster.

— Nem tô cum medo igual ocê, não — provocou ele. Mas era um alívio estar do lado de fora.

— Té parece — deu uma zoada enquanto começava a subir no telhado.

— Coé?

— Ah, té parece, frouxão. Os pixotinho nem vão te aporrinhar ocê, não.

Buster se abaixou e embalou os pintinhos amarelos em seus curtos dedos brunos.

Riley deu um salto, agarrando-se ao telhado inclinado. Uma fila de formigas-carpinteiras corria nervosamente pelos caibros cinzentos aquecidos pelo sol. Içou-se com cuidado, posicionando as mãos e os joelhos para não esmagar as formigas. Lá em cima, pegou os pintinhos e os colocou cuidadosamente dentro de sua camisa rasgada. Eram macios, feito tufos de algodão.

— Cê vai acabar sufocando eles, cara — disse Buster.

— Num vou nada. Saca só, eles nem tão mais pipiando.

— Nem tão, mas a boca deles tá. Mete ouvido nela aí.

— Tô nem aí pra isso. Tão lá de cacarejo toda hora. Igualzinho a tia Kate — ele disse.

— Prest'enção, xô pegar um desses pititico, Riley?

Riley hesitou, então entregou um dos pintinhos ao Buster.

— Se cê num tivesse nesse cagaço todo, podia ir lá buscar mais um cadinho — ele disse.

— Olha só pra ele, Riley. Tá assustado sem a mamãe dele!

— Ô laiá. Fica com medo não, camaradinha — arrulhou Riley. — A gente é seu amigo.

— Acho que aqui tá muito quente. Se pá é melhor levar lá pra baixo — Buster disse.

— Ooopa! Daí a gente pode ensinar esses fiadaputa a voar!

— Nunca vi galinha voar — Buster disse, cético.

— Tipo assim, são do tamanho duma rolinha — disse Riley.

— Mas eles num têm asa comprida tipo a rolinha.

— Ai merda, inda tem essa — ele disse, desapontado. Se as asas fossem tipo as do sabiá, só um cadinho mais longas, pensou ele.

— Aí! Saca só o que meus parça tão fazendo — Buster deu um berro.

Ele viu Buster colocar o pintinho na ponta de sua perna e o menorzinho flexionar as asas enquanto pulava para o telhado.

— Ele tava tentando voar — gritou. — Esses carinha quer voar, as asa é que num são forte o bastante!

— Aí, vai vendo — Buster concordou. — Ele tava memo tentando voar!

— Eu vou *fazer* eles voar — disse Riley.

— De que jeito, cara?

— Com um paraqueda!

— Ah porra, nem tem paraqueda assim, pequenininho.

— Craris que tá tendo. A gente faz com um pedaço de pano e umas linha. Aí, demorou, os carinha vão só no rolê até lá na mãe deles — Riley disse, mostrando com a mão tipo uma folha planando.

— E, se pá, um deles machuca e a tia Kate fala pra tua mãe?

Riley olhou em direção à casa. Tia Kate não estava à vista. Ele olhou para os pintinhos.

— Ah, cê tá é com medinho — ele provocou Buster.

— Eu num tô nada. Só num quero que eles machuque, a parada é essa.

— Cara, num vai machucar, não. Eles vão curtir. Todo passarinho curte voar, cara, té os frango. Só fica de butuca! — interrompeu-se, apontando.

Um bando de pombos rodeava, ao longe, uma chaminé de tijolos vermelhos, ofuscando a luz do sol com suas asas.

— Diz se num é a mema parada, cara?

— Mas eles são *pombos*, Riley...

— Tem nada a ver — disse Riley, balançando o pintinho delicadamente na palma da mão. — A gente meio que faz eles ir e cair e cair e cair e cair até lá embaixo!

— Mas a gente num tem nem pano — protestou Buster.

Riley se curvou, pegando um pedaço de pano de onde o Bico Véio tinha rasgado sua camisa, esticou-o e rasgou-o. Segurou, triunfantemente, aquele trapo azul diante do rosto de Buster.

— Eis o pano, tá na mão!

Buster deu um muxoxo.

— Mas a gente num tem linha.

81

— Arrá! Eu tenho linha — disse Riley. — Linha eu tenho e tudo mais.

Ele pescou um rolo de linha do bolso e o segurou com carinho. Outro dia mesmo, ele observara a linha arrebentar com uma pipa que voava alto bem acima dos telhados, daí que a pipa saíra abobalhada, mergulhando loucamente fora de vista, e ele sentiu aquela mesma tensão estranha que conhecera observando no outono os pássaros voarem para o sul.

— Saca só essa parada... — disse Buster com uma voz aterrorizada.

Uma delicada cortina de carne cobria o olho do pintinho, fazendo-o parecer morto. Ele fez uma pausa, prestes a dar um nó. Daí os olhos pretos arredondados se abriram novamente. Suspirando, ele ergueu o pano, vendo os fios flutuarem preguiçosamente ao vento.

— Boralá, cara. Tamo pronto pra fazer esses camaradinhas voar feito rolinhas.

Ele se deteve olhando para os pombos rodeando.

— Buster, cê não queria que alguém ensinasse a gente como voar?

— Pô, pode ser — disse Buster cautelosamente. — Acho que sim. Mas a gente precisa é de dois paraqueda presses aviadores aqui. Cumé que cê vai fazer os dois voar só com um?

— Segura a onda e só vem, que aqui o papai resolve. — Riley sorriu.

Enquanto Buster segurava os pintinhos, Riley os amarrou ajuntados num arreio improvisado e depois os enlaçou nas linhas do paraquedas.

— Agora é só bizoiar — ele disse. Agarrou o pano pelo centro e o ergueu com cuidado, suspendendo os pintinhos para fora do telhado. Eles pipilaram com a agitação. Buster abriu um sorriso.

— Boralá, cara.

Eles rastejaram até a borda e olharam para baixo. Uma galinha cantarolou uma preguiçosa cantiga. Um galo, ao longe, desafiou a manhã, e Bico Véio se esgoelou numa resposta.

— Riley... — começou Buster.

— Quê que cê quer agora?

— E se a tia Kate, aquela véia, ver a gente?

— Ah caralho, que papo é esse de danar a pensar nela? Tá lá pra dentro falando com seu Jesus.

— Sei... — disse Buster.

Agora eles estavam sentados bem na beirada, bamboleando as pernas. Riley tremeu de expectativa.

— Cê quer ir lá pra baixo e trazer eles de volta?

— Cara, aquele galo ainda tá lá embaixo — Buster disse.

Meneando a cabeça num desalento zombeteiro, Riley escalou de volta para baixo e entrou no quintal.

Bico Véio, lá dos cafundós, deu alarme com um cacarejo.

— Vamo fazer tipo naqueles filmes de avião — Deu um grito pra Buster. — Ligar as turbinas!

— Opa! Ligar as turbinas! — Buster deu o berro.

— Ignição!

— Ignição! Esse voo é sem parada, cara.

— Uepa, pra baixo todo santo ajuda! — gritou Riley impaciente.

Então ele viu Buster jogar os pintinhos de paraquedas pelos ares, mirando o pano ondular feito um guarda-chuva, enquanto pipilavam agitados debaixo daquilo; via-os flutuar devagar, devagarinho, feito penugem vinda de um jequitibá.

— *Desce já daí, sô!!!*

Ele rodopiou, seu corpo ficou tenso. Tia Kate veio que veio quintal afora. Ele se aprumou, feito uma agulha encurralada entre dois ímãs.

— Riley! Cata eles!

Virou-se, então viu o paraquedas murchar tipo uma sacola vazia e os pintinhos, embrulhados no pano, mergulhando direto na terra como um pedaço de pedra amarela. Ele tentou correr para pegar os filhotes e se viu paralisado ao escutar Buster e tia Kate aos berros. Então foi cambaleando até onde os pintinhos estavam encobertos sob o pano. Por favor, Deus, por favor, ele respirou fundo. Mas quando ergueu os filhotes, já não faziam mais barulho e a cabeça deles bambeou sem vida. Ele desabou vagarosamente de joelhos.

Uma enorme sombra caiu sobre a terra. Olhou a seu redor, então viu duas botinas pretas descomunais. Era tia Kate, bufando ruidosamente.

— Eu falei procê, sô! Sabia que ocê ia si metê numa encrenca antes do di'acabar! Que capetagem cê fez agora? Ficou entalado, com a boca seca.

— Cê tá ouvino o que tô falano c'ocê, moleque!

— A gente tava só brincando.

— Brincano de quê? Que cê tá aprontano aí?

— A gente... a gente tava brincando de voar...

— Só se fô nas asa do capeta! — ela gritou desconfiada. — Xô vê o que tá debaixo desse trapo!

— É só um fiapo de trapo.

— Deix'eu vê!

Ele levantou o pano. Os pintinhos estavam duros feito chumbo. Ele fechou os olhos.

— Ah! Sabia! Cê anda matano os frango da tua mãe! — ela disse aos berros. — E eu vô contá tudo pra ela, ou num me chamo mais Kate.

Ele a encarou em silêncio.

Caso ele não tivesse olhado quando ela o chamou, podia ter pegado os pintinhos.

De repente as palavras escaparam, fervendo:

— Eu odeio ocê — ele vociferou. — Queria que cê tivesse morrido nos tempos da escravidão...

Seu rosto engruvinhou, ficou até ruço. Ela se orgulhava de ser das mais velhas. Ele sentiu um frio na espinha de tanto medo.

— Sinhô Deus meu vai te fazê queimá no fogo dos inferno por causa disso — ela disse devastada. — Dia

85

há de vir que se alembre de palavra dita e cê vai chorá té carpir.

Naquele lugar, ela rogou-lhe uma praga. Ele sentiu as pedrinhas ferindo seus joelhos enquanto a observava dar as costas e ir embora. Ela seguiu seu caminho, balançando a cabeça danada da vida, com o avental branco ajustado sobre seus quadris largos vestindo guingão.

— Tudo fio do cão esses pestinha de hoje em dia, é isso que eles é — ela murmurou. — Tudo fio do cão.

Por um longo tempo ele olhou vagamente para os pintinhos caídos na terra, salpicados com as titicas verde-musgo das aves. A galinha matrona rodeava cautelosamente diante dele, suplicando ruidosamente por seus filhos. Lutando contra um forte sentimento de desgosto, levantou os filhotes, removeu as cordas e os deitou novamente...

Por um tempinho eles tava té voando...

Buster olhou com pesar através da cerca.

— Foi mal, Riley — ele disse.

Riley não respondeu. De repente se tocou do fedor de titica de galinha, ele estacou, sentindo a gosma pegajosa em sua carne exposta enquanto esfregava distraidamente os dedos.

Se eu só não tivesse olhado para ela, ele pensou. Seus olhos transbordaram. E tão grande era sua angústia que ele não ouviu o bater veloz de penas, ou viu o espocar do brilho de asas abertas quando Bico Véio deu-lhe uma traulitada. O golpe o fez cambalear e, olhando para

QUEM DERA EU TIVESSE ASAS

baixo, ele viu com os olhos cheios de lágrimas o jorro vermelho escarlate contra a pele onde a espora havia rasgado sua perna.

— A gente quase pegou ele no voo. — disse Riley. — A gente quase..

UM, DOIS INDIOZINHOS ESCALPELADOS *

Eles tinham uma bandinha bem da barulhenta, e enquanto a gente passeava entre as árvores, podia ouvir as notas dos instrumentos de sopro estourando feito bolhinhas brilhantes metalizadas de encontro ao céu. O som ao longe, uma fagulha, penetrando a quietude das colinas no fim da tarde; já soava mais claro, era definitivamente música, uma banda de música. Deu um alívio. Vinha ouvindo aquilo uma pá de tempo, enquanto andávamos pela mata, mas aquela dor nas partes tinha deixado todos os meus sentidos tão enganosamente aguçados que resolvi que o som era simplesmente meus ouvidos tilintando. Agora a dúvida tinha ido embora em dobro, já que Buster parou e olhou para mim, apertando bem os olhos, com a cabeça

---

* Originalmente publicado em *New World Writing*, 1956.

89

tombada pro lado. Ele usava uma faixa azul de tecido, com uma pena de peru presa na orelha, era até capaz de vê-la vibrando com a brisa.

— Cê ouve o que eu ouço, cara? — ele disse.

— Eu tô ouvindo — eu disse.

— Porra! Melhor a gente sair dessa mata pra tentar ver alguma coisa. Por que cê não disse nada, cara?

A gente voltou a andar e apertou o passo até que, de repente, tava fora da mata, parados num ponto da colina onde a trilha descia para a cidade; ficamos de butuca só sacando. O pôr do sol se aproximava, logo abaixo se via o barro vermelho da trilha cortando a mata, passando por uma árvore branca, tostada por um raio; no caminho à beira do rio, mais uma estradinha que dava na choça velha da tia Mackie; mais adiante, além da estrada e da choça, era possível ver o monótono e misterioso movimento do rio. Os instrumentos de sopro ribombavam com mais fulgor agora, só que ainda estavam longe; soavam como se alguém lançasse um punhado de moedas brilhantes pelos ares. Escutei e segui o rio rapidamente com os olhos, enquanto ele serpenteava em meio às árvores e passava pelos prédios e casas da cidade — até que lá, no extremo dos limites do município, além da alta chaminé e da grande esfera prateada da torre de armazenamento de gás, flutuava a tenda branca, estendida feito nuvem, amarrada nos fios de aço em que flamulavam as flâmulas.

Foi quando a gente começou a correr. Fomos naquele trotezinho, seguindo em fila, porque ambos carregávamos mochilas e estávamos num prego só por conta das provas que fizemos no meio da mata e no lago Indian. Mas agora que o som dos instrumentos de sopro ia ficando mais vivo e estridente, esquecemos do cansaço e da dor, daí descemos pela trilha saltitando como cabritinhos no crepúsculo; nossos equipamentos de sobrevivência, utensílios de cantina e cantis chocalhavam contra nosso corpo.

— Tamo atrasado, cara — disse Buster. — Eu te disse que a gente ia se atrapalhar e ficar atrasado. Só que não, cê tinha que se meter a cozinhar a porra daquela galinha-d'angola na lama, tim-tim por tim-tim igualzinho no caderno de receita. Se a gente fizesse a porra dum churrasco de elefante, era mais fácil que esperar feito otário esse treco ficar pronto.

A voz dele resmungava feito um trombone com uma surdina enorme acoplada, tipo a boca dum panelão robusto, e eu só segui correndo sem responder. A gente tinha tentado fazer a prova de culinária usando uma galinha-d'angola, em vez duma franga de granja, porque o Buster disse que os indígenas não comiam franga de granja. A gente perdeu um tempo pra cercar a angola e dar cabo dela na estilingada. No mais, foi ele que insistiu pra gente fazer corrida de resistência, natação e culinária, esse monte de prova tudo no mesmo dia. Óbvio que demorou. Eu sabia que ia demorar, até porque tinha o fato de a gente não contar com um chefe escoteiro. Nem tropa nós tínhamos, só o *Manual do escoteiro* que o Buster tinha achado e — como descobrimos logo em seguida — nosso maior problema era realizar as provas por nossa própria conta. Não interessa, o lance é que ele não tinha direito de reclamar, já que tinha me ganhado em todas as provas — muito embora eu também tenha sido aprovado nelas. Foi ele que insistiu pra gente começar a fazer hoje, mesmo que nós ainda estivéssemos doloridos e cheios de curativos — até agora eu carrego um cado dos fios de sutura costurados em mim por todo lado. Queria esperar mais alguns dias, até que estivesse curado, mas Buster, o senhor-sabe-tudo, me desafiou dizendo que um puta índio de verdade faria as provas, mesmo depois que um médico tivesse acabado de suturar ele todo. Então, como a gente tava mais interessado em ser *índios* escoteiros, e não só simplesmente *meninos* escoteiros, lá tava eu correndo pro festival da primavera, em vez de já tá lá. Ficava encucado como o Buster manjava sobre o que faziam os indígenas, sei lá. Com certeza não tínhamos lido nada sobre o que o médico tinha feito com a gente. Nem duvido que ele tinha inventado isso, nem fiz força pra não ser convencido de ir na mata, mesmo que tenha saído escondido de casa. O médico tinha dito à dona Janey (ela é a moça que me cria) pra me manter quieto por uns dias — e ela tava determinada a fazer isso. Do jeito que agia, cê podia até pensar que foi ela quem fez a operação — só que mulher nenhuma poderia se gabar desse tipo de operação.

Seja como for, Buster e eu estávamos no meio da mata e íamos de cabeça descendo a colina, agora que a escuridão caía rapidamente no caminho até o festival. Já tava todo com tremedeira e o curativo enchia o saco, mas ao dobrar uma curva deu pra ver a tenda, as tochas e a galera se juntando. Subiu uma brisa pra riba da colina que encontrou a gente agora e dava até pra sentir o cheiro do algodão-doce, dos hambúrgueres e do querosene que alimentava as tochas. A gente parou pra dar um descanso, daí o Buster, de pé, estufou o peito e apontou lá pra baixo, mexendo o braço como se varresse a área, tipo aqueles caciques nos filmes, quando estão no topo da colina falando com seus guerreiros e com O Grande Espírito que Anda, enquanto se preparam pra tomar um trem de assalto.

— Oca... lá embaixo... porção delas — dizia em "língua de índio". — Sinal de fumaça dizer... os pé-preto ... fazer... um montão... de caca, requebrando o quadril no sapatinho.

—Eca! — eu disse, inclinando repentinamente meu cocar de guerra na cabeça. — Eca!

Buster mexeu o braço de leste a oeste, e seu rosto, impassível.

— Fumaça-da-cura dizer... montão grande... *de catinga!* Frieira braba! — Ele bateu o punho na palma da mão, olhei pras bochechas inchadas dele e me escangalhei de rir.

— Fumaça-da-cura dizer que cê contar um montão de mentira — eu disse. — Demorô, bora lá pra baixo.

Passamos voado por algumas árvores, o cantil de Buster chocalhava. Ao nosso redor tava tudo quieto, exceto pelos passarinhos empoleirados.

— Cara, cê tá fazendo tanto barulho quanto um bando de mula arreada. Nenhum índio escoteiro faz essa algazarra toda quando corre.

— Não escoteiro, hm, tá — ele disse. — Mim fazer pajelança de montão no festival do cão sarnento!

— Tá, mas vai acabar é sendo escalpelado fazendo essa barulheira aí na mata — eu disse. — Aqueles outros índios não tão nem aí pra festival; o que um festival significa pra eles? Eles vão te rancar o carai do escalpo!

— Escalpo? — ele disse, agora falando como um negro. — Carai, cara, aquela porra de médico me escalpelou semana passada. Mais um cado e arrancava era a porra toda!

Eu quase caí de tanto rir.

— Tenha piedade, Senhor! — gargalhei. — A gente é só um par de pobres indiozinhos escalpelados!

Buster tropeçou na hora, segurando numa árvore para se apoiar. O médico tinha dito que isso é o que nos fazia homens, e Buster falou que, caralhos, homem ele já era, o que ele queria mesmo era ser um índio. A gente não pensou que isso faria de nós uns escalpelados.

— Cê tá certo, cara — Buster disse. — Já que ele rancou um pedaço da minha cabeça, eu devo tá tantã feito uma besta. Por isso eu tô com essa pressa toda de descer lá pra chegar junto com os vida louca. Quero tá no meio deles tudo quando o bicho começar a pegar.

— Você chegará lá, ó chefe Cuca Calva — eu disse.

Olhou para mim indiferente.

— Que cê acha que o dotô fez com os nossos escalpos?

— Cara, ele fez um ensopado de tripa.

— Pirou, doido? — Buster disse. — Mais fácil ele ter usado de isca pra peixe.

— Se ele fez isso eu vou meter um processo de um trilhão, zilhão de dólares, vai ser dinheiro na mão — eu disse.

— Talvez ele té dá pra véia tia Mackie, cara. Aposto com quem quiser que ela era capaz de preparar uns feitiços horri*pirantes*.

— Cara — eu disse me tremendo todo de repente — nem me fala daquela velha, ela é malina.

— Caralho, todo mundo tem mó medo dela. Queria só ver se ela se metesse comigo ou com meu pai, eu dava um jeito nela.

Nem disse nada, tava que era só medo. Por mais que tivesse visto a vida toda a coroa pela cidade, pra mim era como a lua, misteriosa em sua própria familiaridade; e no som de seu nome havia terror:

Ó, a tia Mackie, a que confabulespectro, a desgraçagouradora, a residentestranhenjeitadada da choça à margem do rio, cercada por girassóis, glórias-da-manhã e estranhas ervas mágicas (Yao, como Buster, durante nossa fase indígena teria dito, Yao!); Ó, velha tia Mackie, a da facenrugada, que em bengalandamanca, a da vozestridente do murmúrio na noite, a da malícia no olharregalado, a dada a transes dramáticos e acessos fervorosos de fúria; Ó, tia Mackie, pregadora de sermões selvagens nas ruas cheias da cidade, a de voz sensual que anda atrás de crianças, a cheira-rapé, visionária; a que usa lenço sebo-so na cabeça, aventais de guingão amarrotados e sapatos velhos de homens; Ó, tia Mackie, irmã de ninguém, mas, ainda assim, tia Mackie de todos nós (Ho, Yao!); contadora de fortunas, cria-dora de poderosos feitiços que dilaceram corpos (Yah, Yao); Ó, tia Mackie, a que mesmo distante sempre é vista entre nós; a conselheira-noturna que aconselha fazendeiros sobre plantações e gado (Yao!); das ervas-curandeira, das raízes-médica e a orácu-lo que a cidadataranta avisando negócios arriscados aos perfura-dores que caçam petróleo na terra (Yaaaa-Ho!). Estava tudo lá em seu nome e, diante de seu nome, eu tremia. Uma vez pronunciado, pra mim era fim de papo; deixei por conta de Buster, o brabo.

Até mesmo gente grande, tanto negros quanto bran-cos, tinha medo de tia Mackie, também todas as crianças, menos Buster. Buster morava na periferia da cidade, não lhe causava espécie nem a tia Mackie, nem o inspetor es-colar, nem ninguém que o resto da gente temia pagan-do mó pau. Eu, como era amigo dele, tinha vergonha do meu medo.

Geralmente eu tinha mais coragem quando tava com ele. Uma vez, uns dois anos atrás, a gente foi pra mata só com os nossos estilingues, um pedaço de toucinho e uma frigideira; vivemos três dias com os coelhos que ma-tamos, as frutas silvestres que colhemos e as espigas de milho que roubamos nos terrenos dos fazendeiros. Cada um de nós dormia enrolado no seu saco de dormir e, à noite, Buster contava histórias incríveis sobre o mundo que a gente ia ver quando crescesse e largasse nossa cidade e família. Eu não tinha família, só a dona Janey, que me pegou pra criar logo que minha mãe morreu (nunca conheci meu pai), então fugir sempre me atraiu, e os tempos vindouros que Buster curtia falar agigantavam-se na escuridão que me cercava, rico de promessas em tons pastel. E, embora tivéssemos ouvido um urso pisando pesado próximo à mata e o uivo bizarro de um coiote no escuro, sim, e tivéssemos sido arrastados pelo voo veloz e suave de uma coruja, Buster não temia, e me tornei valente graças à sua coragem.

Mas, pra mim, a tia Mackie era uma ameaça de outra ordem, me cagava de medo e pagava mó pau.

— Se liga nesse naipe de metais — disse Buster. O som, nesse momento, vinha através das árvores como bolinhas de gude coloridas brilhando ao sol do verão.

A gente voltou a correr. E agora, acompanhando a passada de Buster, eu me sentia bem; queria muito chegar no festival; bem no meio daquela confusão, de suor e risadas, e todas aquelas estranhas atrações.

— Se liga nessa agora, cara — Buster disse. — Esses manés tão começando a tocar "Amazing Grace" na orquestra. Bora lá, acelera!

O cenário dançava, logo abaixo de nós, enquanto a gente corria. De repente, surge uma imponente roda-gigante girando lentamente na escuridão, com suas luzes vermelhas e azuis piscando como gotas de orvalho transluzindo por uma enorme teia de aranha quando você a vê na alvorada. A gente já escutava o som da banda, o clamor dos clarins, em meio a uma pequena, e insistente, descarga das vozes dos ambulantes mandando brasa.

— Se liga só nesse trombone, cara — eu disse.

— Parece que eles tão tipo mandando uma caçoada contra os quatro cantos do mundo.

— Tipo o quê, Buster?

— Tipo: "A mãezinha d'ocês tudo tá sem nada. Rigorosamente sem nada. Dela cês não sabe nada, nada, nada..."

— Não sabe o quê, cara?

— De andar sem calcinha, otário; ele tá falando sobre andar sem calcinha!

— Como cê sabe, cara?

— Eu tô escutando ele, né?

— Tá, mas cê foi escalpelado, esqueceu? Cê ficou maluco. Como que ele sabe sobre a mãezinha da galera? — eu disse.

— Diz que viu com seu bom e véio zoião.

— Carai! Ele deve ser mó xeretudo. E o que o resto dos instrumentos tá falando?

— Olha o que aquela tuba tá dizendo:

Eles não vão jogar, eu sei que não.
Eles não vão tocar, sei que não vão.
Não brincam em serviço, não gozam boca suja...

— Cara, cê é um puta dum zoado sem o tampo da cabeça. E aquele trompete, fala o quê?

— Ele? Esse mané é linha de frente, na real tá sotaqueando. Diz assim:

Então cês não brinca com eles, hã?
Então cês não toca com eles, hã?
Tão tá bão, bate os pé bate, as palma,
Qu'eu vô levá cês tudim pra terra prometida...

— Cara, se gente branca soubesse o que aquele mané tá sotaqueando naquele trompete, eles iam mandar ele meter o pé pra fora do mundo. O trompete tem uma boca muito da *suja.*

— Por que cê chama ele de linha de frente, cara?

— Por causa que ele fica de indireta, daí que a zoeira escala, meio que tudo ao mesmo tempo. Tipo, fala da mãezinha deles, depois num guenta e chama pra porrada. Já o bom e véio clarinete é diferente; o clarinete chega bem na fala-mansa, só te *alivia da pressão* naquela dúzia de caçoada.

— Te dar uma ideia, Buster — eu disse mais sério agora. — Cê sabe que a gente tem que parar de xingar e de ficar zoando se a gente vai ser escoteiro. Os branquinhos não se ligam nessa zorra.

— Cê tá certo pacaralho, não se ligam, não — ele disse com a pena do peru vibrando logo acima de sua orelha. — Esses cabra num guenta, cara. Fora isso, quem quer ser igual a eles? Por mim, *eu vou* é ser um escoteiro e me danar de caçoar também. Cê tem que fazer esse lance, com alguns desses zé gracinha que a gente sabe quem é. Cê fica sem saber o que falar quando começam a te aperrear, cê não tem sossego. Cê tem que crescer pra cima deles no gogó, tem que ser mais ligeiro ou, até mesmo, tem que ser melhor de porrada; e eu não tô mais a fim de ficar fugindo e brigando o tempo todo. Tô nem aí pra essa molecada branca.

A gente foi em frente por dentro da escuridão que crescia. Já dava para eu ver algumas estrelas e, súbita, apareceu a lua. Emergiu feito lâmina por trás de um fino véu de nuvens, no justo instante em que ouvi um som novo e olhei à minha volta com uma intensa inquietação. Escutei um cachorro, dos grandes, à nossa esquerda. Fui devagarinho, vendo o contorno de uma cerca de estacas e sombras em formas esquisitas que se escondiam no quintal de tia Mackie.

— Quê que tá rolando, cara? — Buster disse.

— Se liga — eu disse. — Esse é o cachorro da tia Mackie. Ano passado eu tava de rolê por aqui, daí ele chegou do nada e me mordeu lá de dentro da cerca quando eu dei bobeira...

— Xiu, cara — Buster sussurrou. — Tô escutando esse feladaputa lá nos fundo do quintal. Xá comigo.

A gente começou a andar pianinho, escutando o cachorro latindo no escuro. Daí, na passagem, ele tava jogando seu corpanzil contra a cerca, esticando a corrente. Hesitamos, a mão de Buster no meu braço. Desabotoei o cinto tático em que carregava o cantil pesado e o segurei, e de repente tava leve em meus dedos. Com a mão direita, agarrei a machadinha que tinha trazido comigo.

— É melhor a gente voltar e pegar outro caminho — sussurrei.

— Só segura a onda, cara — disse Buster.

O cachorro bateu na cerca outra vez, latindo meio rouco; nesse meio tempo, após o eco dum estrondo, deu para ouvir a música da banda ao longe.

— Bora — eu disse. — Vamo dar a volta.

— Nem fodendo! Vamo nessa! Não é a porra dum cachorro que vai me meter medo, seja o da tia Mackie ou não. Bora lá!

Tremendo, fui com ele na direção do cachorro latindo, então senti que parou de novo e pude ouvi-lo tirando a mochila e pegando uma coisa enrolada num papel.

— Aqui, cê pega minhas parada e vem — ele disse.

Peguei os equipamentos e fui atrás dele, ouvindo sua voz, de repente carregada de medo e raiva, dizendo: "vem cá, seu cocôdrilo boca-de-chupa-ovo, vem cá ver se tu gosta de galinha-d'angola", quando tropecei nas alças da mochila dele e me estabaquei no chão. Tava eu lá me arrastando freneticamente, tentando me desembaraçar e ouvindo o cão rosnando, enquanto suas mandíbulas mastigavam alguma coisa. "Come, ô urubu", Buster dizia, "quero só ver se tu é brabo feito ele", tentei me levantar e saí tropicando, o que fez com que o fogareiro velho espatifasse e caísse para dentro da escuridão. Parte da cerca tinha sumido e, panicado, rastejei até o quintal. Nesse instante eu conseguia ouvir o cachorro latir ameaçadoramente e pular em minha direção arrastando a corrente, e em seguida se voltar à galinha-d'angola; veio na minha direção, num salto veloz, o que fazia com que a corrente pesada o arrebatasse pra trás, virando a bocarra selvagemente pra ave dilacerada. Fui me afastando, tropecei no fogareiro, em pedaços de caixotes e em caules gigantescos de girassóis ao tentar voltar pra onde tava o Buster, quando vi a janela iluminada e me dei conta de que tinha rastejado até a choça. Foi então que me espremi contra a lateral da choça, coberta dum cetim puído, e me pus de pé. E ali, emoldurada pela janela da sala à meia luz, eu vi a mulher.

Uma mulher negra clara, nua, com os cabelos pretos pesando abaixo dos ombros. Eu conseguia ver a longa e graciosa curva de suas costas, enquanto se movia em algum tipo de dança lenta, curvando-se pra frente e pra trás, seu braços e seu corpo se movimentando como se colhessem algo que eu não podia enxergar, mas que ela trazia pra si com deleite; um corpo jovem e feminino, esguio e com ancas arredondadas. *Mas quem?*, atravessou minhas ideias quando ouvi Buster *Coé, cara; onde cê tá? Fugiu e me largou aqui?* vindo lá do fundo escuro. Eu quis me mover, sair vazado dali — mas, naquele instante, ela resolveu pegar um copo sobre uma velha mesinha branca toda capenga e beber, virando-o lentamente enquanto ela se inclinava pra trás, girando vagarosamente sob a luz da lamparina, bebendo enquanto girava devagar, devagarinho; até que pude ver alumbrar inteira sua forma de mulher.

Fiquei paralisado ali, observando o movimento irregular de seus seios sob o curso cintilante do líquido, derramando-se por seu corpo feito arroios geminados atraídos pela maré mansa de sua respiração. Então o copo caiu e meus joelhos manaram sob mim como água. Pareceu que o ar explodiria silenciosamente. Sacudi a cabeça, mas ela, a imagem, não ia embora e, subitamente, tive vontade de rir loucamente e gritar. Pois, acima de seus ombros lisos e femininos, vi o rosto enrugado da velha tia Mackie.

Eu nunca tinha visto uma mulher nua antes, só meninas, uma ou duas vezes, tipo uma magrinha da minha idade, que parecia um menino faltando as partes de menino. E, embora tivesse visto umas figuras de calendário, não eram vivas como essa; tampouco imagens de alguém que você considerasse familiar por tê-las visto passando pelas ruas da cidade; nem assim, inconsistente, com a cara enrugada incompatível com aquela forma deslumbrante. Então, misturado com meu medo da punição por espiar, era adicionado o terror de seu mistério. No entanto, não conseguia me afastar. Estava fascinado, ouvindo o cachorro rosnar e sentindo um ardor crescendo embaixo do meu curativo — junto do recém-surgido terror de que essa velha charlatã pudesse me fazer sentir dessa maneira, que ela pudesse ser tão jovial sob aquelas roupas velhas e largas.

Ela voltou a dançar nesse instante, ainda sem perceber que a olhava, a luz da lamparina brincava em seu corpo, enquanto ela gingava e incorporava o ar, ou fantasmas invisíveis, ou o que quer que fosse que estivesse em seus braços. Cada vez que se movia, seu cabelo, que era negro como a noite, já não estava mais escondido sob um lenço seboso, balançando pesadamente sobre seus ombros. E quando ela se moveu pro lado, pude enxergar a leve sacudidela de seus seios sob seus braços erguidos. *Isso não tá rolando*, eu pensei, *não pode ser*, e cheguei mais perto, determinado a ver e saber. Mas eu tinha esquecido que a machadinha estava na minha mão, então ela bateu na parede da casa e eu vi a mulher se virar rapidamente pra janela, com aquela cara malina enquanto gingava. Fiquei duro feito pedra, escutando o rosnado do cão que tava destroçando a ave, sacando logo que eu tinha que sair correndo, justo quando ela se moveu pra proteger a janela, sua sombra veio voando à sua frente, seu cabelo naquele momento ficou feroz feito cobras se contorcendo numa árvore durante as cheias da primavera. Daí, consegui escutar a voz rouca de Buster, *Coé, cara! Onde cê se meteu, caralho!* no preciso instante quando ela apontou pra mim e gritou, fazendo com que eu recuasse, e percebi a lua em forma de foice voando como um relâmpago, enquanto eu caía, ainda segurando minha machadinha, e bati a cabeça no escuro.

Quando voltei a mim, alguém estava me segurando, deitei sob a luz e olhei para cima pra ver o rosto dela acima do meu. Então tudo voltou num fluxo veloz e tomei consciência, uma vez mais, do contraste entre o corpo liso e o rosto enrugado; experimentei uma emoção súbita, ardente, porém ainda dolorosa. Ela me abraçou. Sua respiração chegou até mim, docemente alcoólica, enquanto murmurava algo como:

— Diabinho, os lábios que tocam o vinho nunca vão tocar os meus! Foi o que eu disse a ele, entendeu? Nunca — ela disse em voz alta. — Você entendeu?

— Sim, dona...

— Nunca, nunca, NUNCA!

— Não, dona — eu disse observando ela me estudar com os olhos bem apertados.

— Vocês são uns fedelho, mas vocês, que têm juventude, entendem, por mais diabólico que sejam. O que você fazia rodeando meu quintal?

— Me perdi — eu disse. — Tava vindo de umas tarefas de escoteiro, daí tava tentando passar pelo seu cachorro.

— Então foi isso que ouvi — ela disse. — Ele te mordeu?

— Não, dona.

— Maginei que não, ele não morde na lua nova. Não, acho que você veio ao meu quintal pra me espionar.

— Não, dona, foi isso, não — eu disse. — Aconteceu, só; eu vi a luz quando tava me estabacando todo enquanto tentava caçar meu rumo.

— Você tem uma machadinha bem boa aí — ela disse, olhando para minha mão. — O que você tá tramando com isso?

— É tipo machadinha de escoteiro — eu disse. — Tava usando só pra andar pela mata...

Olhou para mim com um ar de dúvida.

— Então — ela disse —, você é um grandissíssimo dum ceifador e só parou pra me espiar. Muito que bem, o que eu quero saber, homem, é: você gosta de beber? Seus lábios já tocaram em vinho?

— Vinho? Não, dona.

— Quer dizer que não é um beberrão, mas você vai à igreja?

— Vou, dona.

— E você é um dos salvos, não um desviado?

— Isso. Sim, sinhora.

— Muito que bem — disse ela franzindo os lábios. — Acho que você pode me beijar.

— DONA?

— Foi o que eu disse. Você passou em todos os testes e ainda estava me espiando da janela...

Ela tava me segurando em uma cama estreita, com os braços em volta de mim como se eu tivesse três anos de idade, sorrindo como uma garotinha. Eu podia ver seus dentes brancos, e longos pelos em seu queixo, era um pesadelo.

— Você me espiou — ela disse. — Agora é bom terminar o serviço. Eu disse pra você me beijar, ou eu vou ter que resolver isso por você...

Vi seu rosto chegar cada vez mais perto, senti seu bafo quente e fechei os olhos, tentando me forçar. *Isso é como beijar uma mulher suada na igreja*, eu disse pra mim mesmo, *tipo a amiga da dona Janey*. Mas não adiantou nada, daí senti ela me pegando e encontrando os lábios dela com os meus. Eram secos, firmes e carnudos, ouvi ela até suspirar. "Outra vez", ela disse, e mais uma vez meus lábios encontraram os dela. E, de repente, ela me puxou; pude sentir seus seios macios contra mim, enquanto ela suspirava uma vez mais.

— Esse foi gostosinho, menino — ela disse, sua voz gentil, e abri os olhos. — Agora deu, chega, você é de uma só vez muito verde e muito usado, mas é corajoso. Uma barrinha de chocolate campeã.

Agora que ela chegou um pouquinho pra lá, percebi, pela primeira vez, que minha mão tinha ido parar no peito dela. Tirei dali com alguma culpa, meu rosto ardia enquanto ela se levantava.

— Você é um menino corajoso e bom — ela disse, olhando para mim no fundo dos olhos. — Mas é melhor você esquecer do que aconteceu aqui essa noite.

Sentei, enquanto ela olhava para mim com um sorriso misterioso. Eu via seu corpo de perto agora, sob aquela fraca luz amarela; via a surpreendente sedosidade de seu cabelo preto, misturado aqui e ali com o grisalho, daí comecei a chorar, do nada, e odiar a mim mesmo por não ter segurado a onda. Olhei pra minha machadinha caída no chão e, naquele instante, me perguntei como ela tinha me levado pra dentro daquela choça, tudo isso enquanto as lágrimas embaçavam meus olhos.

— O que tá pegando, menino? — ela disse. E eu não tinha palavras para responder.

— Menino, eu perguntei o que tá pegando!

— Minha operação tá doendo — eu disse em desespero, ciente de que minhas lágrimas eram complicadas demais pra serem postas em palavras.

— Operação? Onde?

Desviei o olhar.

— Onde tá doendo, menino? — ela exigiu saber.

Olhei em seus olhos e parecia que iam me inundar, até que, relutantemente, apontei para onde tava doendo.

— Abre isso aí pra eu dar uma olhada — ela disse. — Você sabe que sou uma curandeira, não sabe?

Balancei a cabeça, ainda hesitante.

— Acho que é melhor você abrir. Não tem muito jeito de ver isso com esse monte de roupa em cima.

Agora minha cara estava em brasas e a dor parecia aliviar à medida que certa umidade crescia sob o curativo. Só que ela não ia aceitar minha recusa, então desfiz eu mesmo o curativo e vi uma mancha vermelha na gaze. Fiquei deitado ali, com vergonha de levantar os olhos.

— Hmmmmmmm — ela disse. — Uma minhoca, feito isca de pescar, com dor de cabeça.

Eu não conseguia acreditar no que eu tava ouvindo. Quando vi, ela estava me olhando dentro dos olhos e com um sorriso arreganhado.

— Podado — ela riu alto feito uma bruxona, com aquela voz de mulher velha —, podado. Menino, você foi podado. Eu sou uma médica, não uma cirurgiã de árvores; não, sossega aí só um segundinho.

Ela fez uma pausa e eu vi sua mão chegar mais perto, três dedos feito garras me pegando carinhosamente enquanto examinava o curativo.

Eu tava, ao mesmo tempo, avexado e puto; agora olhava para ela com um leve ressentimento e um orgulho desafiador. *Sou um homem*, disse de mim pra mim. *Mesmo nessas condições, ainda sou um homem!* Porém só consegui olhar pro rosto dela por um instante, enquanto ela me observava com um brilho no olhar. Então meus olhos tombaram e me forcei, naquele momento, a olhar para ela com malícia, sua pele linda sob a luz da lamparina, com todo o complicado aparato dentro das curvaturas globulares da carne e dos vasos expostos aos meus olhos. Então, também fiquei mais preenchido daquela profunda sensação de mistério, pois agora a nudez era como se não passasse de outro véu, bastante parecida com as velhas vestes largas que ela sempre usava. Então, na curvatura de seu estômago, vi uma cicatriz longa e enrugada, em forma de lua crescente.

— Quantos anos você tem, menino? — ela disse com os olhos subitamente arredondados.

— Onze — eu disse. E foi como se eu tivesse disparado um tiro.

— Onze! Passa fora daqui — ela gritou, cambaleando para trás, com os olhos arregalados para mim, enquanto procurava o copo na mesa para beber alguma coisa. Em seguida, pegou um velho robe cinza em cima da cadeira, caçando para todo lado o cordão que não estava nele. Eu me mexi, mantendo os olhos nela, enquanto me ajoelhava para pegar minha machadinha, e nisso eu sentia uma dor aguda. Então fiquei de pé, tentando ajeitar minha cueca.

— Você vai sair agora, seu safadinho — ela disse. — Vai logo, passa fora daqui. E se eu souber que você andou falando alguma coisa sobre mim, eu vou dar um jeito no seu pai e na sua mãe também. Eu vou pegar eles, tá me ouvindo?

— Tô sim, dona — eu disse, sentindo que tinha perdido subitamente a coragem de minha macheza, agora que meu curativo tava guardadinho e o corpo secreto dela tinha desaparecido atrás do seu velho robe cinza. Mas como ela ia dar um jeito no meu pai, se eu nem tinha um? Ou na minha mãe, que tava morta?

Fui me adiantando porta afora e entrando pela escuridão. Então ela bateu a porta e eu vi a luz ganhar intensidade na janela, e lá estava seu rosto olhando para mim, eu não conseguia saber se ela franzia a testa ou se sorria, mas no lume da lamparina as rugas já não estavam mais lá. Tropecei nos equipamentos, recolhi-os e fui embora.

Dessa vez o cão se levantou, era mesmo enorme no escuro, com aqueles olhos verdes incandescentes, enquanto rosnava para mim, mas completamente desinteressado. *Buster realmente deve ter dado um jeito em você. Mas pra onde ele foi?*, pensei. Então atravessei a cerca e peguei o caminho.

Eu queria correr, mas tinha medo de começar a doer outra vez, e, enquanto andava, continuava vendo-a como tinha me aparecido, de costas para mim, com os movimentos doces e inebriantes que ela fazia. Era como se estivesse dançando com alguém e consigo mesma, ao mesmo tempo parecia que rezava sem se ajoelhar. Quando ela se virou, expondo seu rosto familiar. Andava mais rápido agora e, do nada, todos os meus sentidos começavam a cantar como se vivos. Escutei o som de aves noturnas; o lúcido chamado de uma codorna me alevantou. E à minha direita, no rio, veio o salto dum peixe enlouquecido pela lua e pude ver as águas se espalharem num arco e sumirem. Havia o aroma de glicínias e damas-da-noite pelo ar. E agora, enquanto avançava pela escuridão, lembrava-me do calor e do intrigante cheiro de seu corpo, e de repente aquele berreiro veio outra vez lá do festival, e tudo mais ficou frágil e onírico. As imagens fluíam na minha mente, tornavam-se sombrias; nenhuma parte se encaixava com a outra. Contudo, ainda havia minha dor, e cá estava eu, correndo através da escuridão em direção àquela bandinha tocando alto. Era real, eu sabia; parei no caminho, olhei para trás e vi os contornos negros da choça e o fio de lua crescente no céu. Atrás da choça, erguia-se a colina com as sombras das árvores; e eu sabia que o lago ainda estava escondido lá, refletindo a lua. Tudo era real.

Por um momento me senti muito mais velho, como se tivesse vivido rapidamente longos anos no futuro e, no mesmo pé, tivesse sido empurrado de volta, ainda mais rápido. Tentei me lembrar como tinha sido quando beijei ela, mas em meus lábios minha língua só encontrou um leve traço de vinho. Mas isso já tinha ido, e pensei que para sempre, exceto pela lembrança dos pelos desgrenhados em seu queixo. Então me dei conta, de novo, do chamado imperioso daquele naipe de metais e voltei a andar em direção ao festival. Onde tinha ido parar o outro índio escalpelado; pra onde tinha ido Buster?

O MEGANHA DE HYMIE

A gente tava só à deriva, indo pra lugar nenhum, e já tinha uma pá de tempo que enjeitava a esperança de encontrar um trampo. A gente tava só meio que batendo perna pelo país. [Dez moleques pretos, só à deriva, num trem de carga da L&N.] De Birmingham despencamos até o feirão de Chicago, foi daí que o meganha achou a gente no pátio, deu um sacode arrumado e deixou de enfeite uns galos na nossa cabeça. Se tu já teve com um meganha fungando o teu cangote, encurralado sem ter como escapar, te esquentando o tamborim, enquanto tu te arrasta pelo topo do vagão; e quando tu tenta vazar dali, porque sabe que o cara tá armado e ainda porta um cassetete, calha de já ter dado a ele a brecha pra aquele ponto sensível da tua cabeça, onde ele vai sentar a porrada, tipo um cara que quebra nozes pretas com um martelo; e quando tu parte pra descer pela lateral do vagão, porque não quer pular de um trem andando, como ele mandou, tu dá a brecha pra ele pisar nos seus dedos com o coturno pesado e esmigalhá-los com os calcanhares como se fosse uma barata, daí que se tu não larga mão, ele te enche de porrada cheio de vontade com o cassetete nos nós dos dedos, até tu te soltar; daí, quando solta, bate nuns blocos de cimento e se vê estabacado e se ralando de cara pra longe do trem, tão rápido quanto os postes telefônicos que margeiam os trilhos; daí tu saca de coé o lance da gente ficar na mó satisfação de só ter ganhado uns galos na cabeça. Especialmente quando tu lembra que os meganha de Chicago têm ódio de preto vagamundo, tanto quanto ou mais que os caipiras do Texas, que matariam um negro tão rápido quanto espantaria um tiziu pousado numa cerca.

Meganha é um tipo de gente bem ruim de trombar se tu for um vagamundo. Na arte do açoite eles têm autoridade e tão sempre prontos pra entrar em cena. Eles têm a manha de socar os lugares certos e transformar osso em gelatina; parecem farejar quais os lugares devem te chutar e fazer um amasso em suas vértebras, tipo aqueles copinhos descartáveis em festa de criança. Teve uma vez que um meganha me acertou bem no pau do nariz e senti que eu tava desfalecendo tipo uma guimba de cigarro boiando num mictório. Eles podem lavar a mão na tua cara e a pontapés te usar de graxa no coturno.

Mas, vira e mexe, os meganha levam a pior; sempre que um deles fica pelo caminho nem chegando no fim da linha, e os encontram tudo furado e ensanguentado, tudo quanto é neguinho começa a ser despachado pra fora dos vagões. Na maioria das vezes, não querem nem saber quem fez ou deixou de fazer, o que tá valendo memo é fazer com que um neguinho qualquer pague pelo prejuízo. Agora, se tu ouvir por aí que só vagamundo tipo a gente carrega faca, pode crer que é papinho de meganha, então se liga que vou contar procê um lance que um vagabundo branquelo fez, um cara lá do Brooklyn chamado Hymie.

A gente tava vagando num trem de carga, e Hymie tava enjoado por conta duma gororoba que meteu goela abaixo, numa cidadezinha uns quilômetros pra trás quando o trem fez uma parada pra abastecer de água, e deixou ele zoado. Se pá, num foi nem a gororoba; se pá, foi a panela véia onde fez o mexidão, lá da outra vez, no meio do mato. A gente se amarrava naquele pico porque lá cresciam girassóis e dava mó sombrão pra esconder do sol. Mas o papo é que Hymie tava enjoado e seguia vagando no topo do vagão. Tava mó calor e um monte de mosca enxameava o vagão tão rápido que a gente só parou de dar ideia. Hymie deve ter engolido uma caralhada delas, visto que o rango dele voltava no refluxo e se espalhava pelos ares. Ele devia tá muito bolado com o mosqueiro, porque a gente via o jantar dele passar voado pela porta do vagão onde a gente tava. De vez em quando, era vermelhaço, tipo um cardeal em rasante pelos campos verdes ao longo dos trilhos. Se olhar direitinho, bem que podia ser memo um cardeal dando rasantes. Ou, sei lá, podia ser outra parada que fedia feito curral de fazenda.

A gente fez de tudo pro cara descer, mas ele disse que se sentia melhor lá fora, ao ar livre, então a gente deixou ele em paz. A real é que começamos a jogar vinte-e-um apostando bituca de cigarro e rapidinho ninguém mais nem lembrava do Hymie; quer dizer, durou até o vagão ficar muito escuro sem dar pra ver as cartas. Daí eu decidi ir lá pra riba e assistir ao pôr do sol.

O sol era um globo imenso no poente, que mais parecia uma bola de basquete lançada pra cesta, enquanto o trem parecia tentar pegá-la no rebote antes de ela cair. Dava pra tu ver uma enorme nuvem de moscas seguindo os vagões, tipo gaivotas sobrevoando um barco; e o zumbido que elas faziam só perdia pro troar do trem. No campo tu podia ver pássaros em bando voando em direção ao pôr do sol, em rasantes angulados a subir e descer, subir e descer, a singrar e girar no vento, feito pipas soltas de seus fios.

Fiquei lá em riba sentindo o vento pressionando contra meus olhos e sacudindo minhas calças contra as pernas, e então acenei pro Hymie. As pernas dele tavam travadas em volta do exaustor dum vagão-frigorífico engatado ao nosso. Daquele ângulo, ele tava tipo um cabra meio largado de canto com mãos e pés atados, té parecia foto de um meliante. Acenei pro Hymie, ele acenou de volta. Foi um aceno frouxo. O trem agora descia numa espiral, os trechos muito estreitos nas curvas, o que fazia a gente sentir que tava tipo num carrossel. Daí tu tenta mandar um salve e a voz sai feito um peido, tipo o barulho que tu escuta quando a bunda bate no fundo da piscina e faz o som do cumprimento de soquinho. Então a gente, Hymie e eu, só acenamos.

Fiquei até com dó do pobre coitado que tava ali sozinho. Queria que tivesse algo a meu alcance pra poder dar uma mãozinha pra ele, mas nem água tinha na porta lateral do Pullmans e, acho eu, os vagamundo são manés demais pra carregar os cantis. Daí pensei: o Hymie vai pro carai! Ali na frente, daqui mais uns quilômetros rodando, quando a gente chegar no Sul, de qualquer maneira ele e os outros cabras vão se enfiar em outro vagão.

Fiquei ali em riba, ouvindo o ritmo das rodas no atrito com os trilhos. De vez em quando, o ritmo era constante, igualzinho ao das crianças do Harlem batendo caixotes vazios ao redor de uma fogueira ao cair da noite, enquanto brincavam nas calçadas. Fiquei ali em riba ouvindo, me curvava de leve pra frente segurando a onda no equilíbrio, tipo um esquiador, e minha mãe me veio à ideia. Tinha largado ela dois meses atrás, e nem sabia que eu ia ficar por aí vagando de trem em trem. Pobre de mãinha, cortou um dobrado pra segurar eu e meu irmão em casa, nos sustentou sozinha mó cota, só que a gente tava ficando grandinho demais pra deixar ela fazer isso por mais tempo, então saímos de casa pra caçar um trampo.

Já tava escuro a ponto de não dar mais pra enxergar, quando, do nada, a carga deu um solavanco e todos os vagões do trem danaram a avançar se empurrando aos chacoalhões ao longo dos trilhos, alcançando a locomotiva, como se a função do choque fosse acelerar até chegar lá nela. Daí dei uma olhada pra baixo, onde o Hymie tava, e tinha um meganha se arrastando na direção dele com um cassetete na mão. Dei um berraço pro Hymie ficar ligado, mas o barulho engoliu minha voz e o meganha ia chegando cada vez mais perto. Se liga, Hymie ainda tava meio sonolento, com as pernas travadas em volta do exaustor, quando o meganha deu o pulão. Daí o meganha apanhou o Hymie pra arrancar ele dali, ao memo tempo que danou a lanhar o cara com o cassetete. Hymie despertou se debatendo e aos berros. Dava pra eu ver a cara dele. O pau parou de cantar e um ganido fez uma volta até onde eu me arrastava, e fiquei tão bolado que nem me mexi. O trem avançava feito um enorme cachorro louco e, lá em riba, a gente era tipo três micos agarrados nas costas dele, tipo aqueles que tu vê às vezes num circo. Finalmente o meganha meteu os joelhos no peito de Hymie e foi sufocando ele; o cassetete tava pendurado por uma tira de couro no pulso dele.

Ora tentava se desvencilhar de Hymie pegando ele pra arremessar vagão afora, ora só o lanhava de porrada à base de cassetete. Hymie saiu no braço com o meganha o melhor que pôde, porém ao mesmo tempo apalpava o bolso com uma das mãos. Dava té pra ver o meganha descer o cacete, media a distância e descia o cacete, com a mão esquerda na fuça do meganha Hymie o afastava e o tempo todo apalpava o bolso.

Foi aí que vi um facho de luz, um brilho que desfaleceu de súbito, e Hymie entrou em cena com sua lâmina. O meganha ainda tava descendo o cacete com o cassetete quando Hymie danou a rasgar ele pra todo lado. Dava té pra ver a faca coriscar acima da cabeça de Hymie e talhar

O MEGANHA DE HYMIE

fundo vazando os pulsos do meganha, foi possível ouvir ele ganir, afinal tava chegando cada vez mais perto; deu pra ver que ele soltou Hymie, daí Hymie se levantou, gingava a faca em semicírculos, feito uma serpente, tornou a gingar a faca como se estudasse a distância precisa e, então, enfiar bem fundo goela adentro no meganha. Hymie puxou a faca e talhou a goela do meganha de orelha a orelha; depois chutou ele lá de cima do vagão. O meganha parou no ar por um segundo, tipo um garoto que salta da ponte pro rio, depois se estabacou pelos tijolos de concreto. Tinha uma parada quente no meu rosto, então saquei que um bocado do sangue do meganha tinha respingado em mim, tipo aquele jato quando o trem para pra bombear água pro tanque.

Já tava escuro e Hymie arrancou a blusa de cima, deixou cair pela beirada do vagão e se arrastou pela lateral. Ficou pendurado ali até o trem estacar, se aprumar e reduzir a velocidade. A gente tava chegando numa cidadezinha na colina. Luzes se alastravam aqui e ali, tipo velas num bolo de aniversário; um cado mais perto vi Hymie ficar tenso e tombar do vagão. Bateu com toda força no chão, rolou por alguns metros e logo se pôs de pé. A essa altura a gente já tava longe demais pra ver ele na penumbra. Passamos pela cidadezinha, o trem soltou seu silvo agudo e solitário, e me indaguei se era a última vez que veria Hymie...

Mais tarde ouvi por aí que a blusa que Hymie usava tinha sido encontrada presa numa cerca daquela área, também que a peixeira inda tava cravada no meganha. O meganha tinha rolado dos tijolos de concreto e se enfiado pelo

119

matagal que ladeava os trilhos, tombou por ali todo ensanguentado no meio de flores que pareciam tipo lírios-tigre.

No dia seguinte, ao anoitecer, a gente entrava na região de Montgomery, Alabama; uns quilômetros pra diante na linha, tomamos o maior susto da nossa vida. O trem tinha de atravessar um pontilhão antes de chegar aos pátios de manobra. Tava indo na maciota e, logo que atravessou, a gente começou a saltar fora. Do nada a gente ouviu alguém aos berros, e quando a gente correu pra frente do trem, tinha dois meganha, um alto e um baixo, tirando pra fora o cano das armas. Eles meteram aquela gente toda em fila pra poder ver melhor. O céu tava nublado e bem escuro. A gente sabia que o meganha que o Hymie ganhou tinha sido achado e, claro, um neguinho tinha que bater as botas. Sei lá coé, mas a sorte tava com a gente aquela vez, justo naquele instante caiu o maior toró e os trens começaram a sair dos pátios de manobra. Os meganha ficaram aos berros pra que ninguém voltasse pros trens, daí a gente se separou, e foi cada um prum lado no meio dos vagões, pra tentar catar um dos trens que saía do outro lado no fim do pátio de manobra. Deu bom. Naquela noite a gente tomou o trem no topo sob a chuva. Conforto nem tinha, mas a gente tava feliz pacaralho, sabia que no dia seguinte o sol ia secar nossa roupa e a gente ia tomar o trem que fosse mais rápido e mais longe de onde Hymie ganhou seu meganha.

NEM FIQUEI SABENDO O NOME DELES*

Tava uma friaca ali em riba. A gente tava seguindo pra St. Louis num trem de carga, agarrados no topo de um dos vagões. Tava escuro e fagulhas do motor voavam em nossa direção. De vez em quando, fuligem era soprada em nosso rosto, e aquele bafo espesso e coleante do negrume era fumaça. A carga sacudia aos solavancos, fagulhas passavam voando, um vórtice dançando em vermelho na escuridão. Tava uma friaca do cacete e a gente tava rodando em alta velocidade. O trem de Santa Fé ia a toda, apertando o passo. A quilômetros de distância, à nossa esquerda, as luzes dos aeroportos esculpiam a noite. Ali em riba fazia um bocado de frio pra início

---

* Originalmente publicado em The New Yorker, 29 de abril e 6 de maio de 1996.

de outono, e a fuligem batia em nossa cara feito areia num redemunho.

— Falta muito pra gente chegar em St. Louis? — gritei pro Morrie.

— Amanhã, ao meio-dia, se não sair dos trilhos. Isso tá correndo feito uma cadela no cio — ele berrou dentro do meu ouvido.

Morrie era meu parça. Eu conheci ele num campo de girassóis, lá pras bandas duma cidadezinha de Oklahoma. Ele desceu quando o trem parou e sentou perto de mim ali no barranco. Fiquei todo esquisitado quando o vi arregaçar as calças e tirar a perna. A prótese tava tipo uma coxa de frango, e o coto encarnado em carne viva. Ele tinha perdido a perna até o joelho sob as rodas dum vagão de carga, e a seguradora deu uma prótese pra ele. Daí me disse que tava nessa de vagamundo há uns cinco anos. No dia seguinte me salvou de cair no meio das rodas entre dois vagões; ele tava amarradão que tinha um negro como parça.

Um casal de idosos tava no vagão bem abaixo da gente. Eu tinha visto eles subirem, pra dentro do vagão, bem quietinhos quando o trem fez sua última parada ao anoitecer. Eu desci pra dar uma sacada no coroa arrancando o forro de papelão do vagão pra fazer uma cama pra senhorinha. Ele tinha a manha de fazer aquilo. Eu me perguntava como ninguém tinha pensado em fazer essa parada antes. O piso de um vagão é duro, e o papelão usado pra forrar as paredes dos vagões, nos quais automóveis são transportados, é o que há de mais macio neles. Quando o trem passava por um trecho mais cabuloso da rota, geralmente tinha que ficar de pé até que atravessasse aquele pedaço. Ou, então, a gente se apoiava com as palmas das mãos e quicava a cada solavanco, como se os braços fossem molas. O coroa salvou a esposa daquela indignidade. É realmente uma posição ridícula pra ficar: mãos e pés grudados no chão, o rabo empinado pro alto, mas só o bastante pra tomar um catuque cada vez que o trem dava um catranco forte e te fazia quicar. Cê meio que ri quando rola uma parada assim, eu só não conseguia imaginar aquela senhorinha rindo naquela posição.

Voltei lá pra riba e me juntei ao Morrie, acabei cochilando e ele me acordou, então desci engatinhando. Tava um breu danado quando escalei pra baixo o vagão e dava pra ouvir a senhorinha tossindo. Ela mal conseguia dormir por causa dos solavancos e da friagem. Não queria perturbá-los, então me agachei e fiquei sentado com as pernas penduradas pra fora da porta, que estava aberta. Adormeci desse jeito, olhando as luzes das cidades aos longe.

A carga começou a sacudir toda; despertei vendo a linha do horizonte ficando avermelhada ao amanhecer. Na penumbra, avistei o coroa sentado com as costas apoiadas na lateral de um carro. Ele assentia balançando a cabeça e a senhorinha ia acomodada nos seus braços. Então, sob o baque do trem na travessia, o apito solitário soou pela madrugada pálida, e mais uma vez caí no sono. Quando acordei, o sol iluminava os campos e um bando de pardais atravessava o vagão em rasantes. Queria subir lá pro topo, antes que tivesse luz o bastante que me fizesse visível pro casal de idosos, mas quando me levantei, o coroa tava me olhando lá do outro lado do vagão. Eles estavam tomando café da manhã.

— Bom dia — eu disse.

Ele assentiu balançando a cabeça, mastigando um sanduíche.

Espreguicei e saí pra encontrar Morrie. Me arrependi de não ter acordado a tempo de salvá-los do embaraço. No escuro, eu era como qualquer um que tava no trem, não fazia a menor diferença. Agora já era. Fiquei bem arrependido. Passava o pão que o diabo amassou naquela época, tentando só não sentir ódio todo dia, e me sentia na pior sempre que me encontrava numa posição que pudesse ser interpretada dessa maneira. Já tinha saído na porrada com uns vagabundos, com a ajuda do Morrie. Mas tinha aprendido a não atacar aqueles que, particularmente, não pareciam ameaça e que só expressavam passivamente aquilo que tinham aprendido. No mais, estes eram coroas. Ela era a mulher mais velha que já tinha visto viajando num trem de carga, era bem mais velha que minha própria mãe lá em casa. Pareciam gentis e eu não queria gerar nenhum embaraço.

De vez em quando eu era um escroto, porque ser decente era parecer covarde e falava de "onde vinha". Daí que, quando se era decente, pensavam que tinha medo e dava a entender aquelas qualidades que até os livros escolares diziam que sua raça possuía; eu quase sempre era um escroto. Então o Morrie salvou minha vida e tentei mudar. Quando comecei a subir, o coroa me chamou:

— Só um minuto, dá um pulinho aqui.

Provavelmente ia me xingar todo porque eu tava ali, pensei. É bem possível que se ache o dono do vagão.

O trem fazia muito barulho e ele fez sinal pra que eu me sentasse. Eles tinham sanduíches numa mala pequena, sentei bem em frente a ela. Tinha ali duas maçãs vermelhas, bem graúdas, entre os sanduíches embrulhados em papel-manteiga. A senhorinha, sentada de pernas cruzadas na sua almofada de papelão, olhava pra manhã com um ar tristonho. Não era o tipo de gente que se via normalmente nos trens, mesmo naquela época.

O coroa fez sinal pra que eu pegasse um sanduíche. Balancei a cabeça em recusa, mas ele insistiu. Peguei o sanduíche. Eu tinha alguma gororoba guardada no bolso do casaco de Morrie, mas ele insistiu, também fiquei curioso e queria ver no que aquilo ia dar. Era um bom sanduíche de carne fria com mostarda.

— Cê tá indo pra muito longe? — o velho gritou.

— Pro Alabama.

Embora ele fosse velho, e eu tivesse aprendido a dizer "senhor", não o fiz. Dizer "senhor" fazia parte de reconhecer seu lugar. E se eu aprendi alguma coisa na estrada, foi: ninguém tem lugar de verdade; era todo mundo igual, embora tivesse quem não entendesse essa parada.

A senhorinha virou-se e olhou pra mim, em silêncio.

— Mas o Alabama fica pro sul, estamos viajando pro *norte* — o coroa disse.

— É, tô sabendo. Mas desse jeito eu vejo parte do país que, talvez, nem tenha oportunidade de ver novamente.

— Tá certo. É bom mesmo um jovem viajar.

Fiquei contente que ele tivesse esse pensamento. Saí de casa pra fazer uma grana, a fim de pagar os estudos, e acabei vagando pelos trens.

Eu tinha pegado uma carona até Denver e sentido as montanhas sob a cerração alta, misteriosa e psíquica, antes do sol nascer, enquanto viajava com uma família rumo à Califórnia em um Ford velho. Porém, não tinha trabalho em Denver. Eu fiquei vagando por aí. Voltei pra Oklahoma por um tempo, depois me enfiei num trem. Passei por Ozarks, onde flores laranja com toques de vermelho, como os lírios-tigre, ladeavam os trilhos. Pelo oeste do Kansas, os campos descobertos, os urubus voando e os campos em movimento, mais as lebres-de-cauda-negra e a poeira soprada no vento; meninos e homens com porretes dando botes e os coelhos saltando diante deles aos monte; o fluxo veloz da água nos canais de irrigação e os peixes ofegantes no barro, onde os canais estavam secos e apodrecendo sob o sol, onde o barro tinha secado. Voltei pra Kansas City, rodei nos trens da Rock Island e da MK&T por Topeka, Wichita e Tulsa. Rodei por Oklahoma, Kansas e Colorado, e nenhum trampo, da primavera ao outono. Agora já era setembro.

— O que você vai fazer no Alabama? — ele disse.

— Estudar. Fazer meu lance.

— E que curso você faz...?

— Música.

— Que legal. Negros são ótimos músicos. Nós te desejamos boa sorte, não é, mãe? — ele tocou a senhorinha.

Ela se virou e olhou pela porta, seus olhos estavam distantes.

— O que você falou? — ela disse.

— Ele vai estudar música. Disse a ele que desejamos boa sorte, certo?

— Ah, sim. Boa sorte. Você não quer outro sanduíche? Tem bastante.

Peguei o sanduíche. Tava bem bom, cortei na metade pra guardar um pedaço pro Morrie.

— Cês tão vindo de onde? — perguntei.

— De Mexia, no Texas.

— Nunca estive no Texas. Passei a vida toda em Oklahoma, nunca nem cheguei tão longe — eu disse.

— É uma pena. É um ótimo estado.

Eu sorri. Era um belo estado pro *seu* tipo e gente; a minha não se saiu tão bem por lá, pelo que soube.

— Se as coisas fossem como há um tempinho atrás, eu te convidava pra você ir lá. Nosso filho mais velho teve como companheiro de quarto um rapaz de cor, nos quatro anos em que estudou em Amherst. Ótimo sujeito.

A senhorinha se animou.

— Temos um garoto da sua idade — ela disse.

— É mesmo?

— É, sim. Ele fugiu há cinco anos. Ficamos sem notícias dele, até seis meses atrás. Estamos indo vê-lo agora, lá em Joplin. Vai ser uma surpresa e tanto pra ele. Cinco anos atrás, não teríamos que fazer a viagem desse jeito.

— Ele está em Joplin, Missouri?

— Isso mesmo. Ele vai ser liberado amanhã. Faz cinco anos que não o vemos. Ele era um bom menino, antes. Ele ainda é um bom menino — ela acrescentou, esperançosa.

Eu não sabia o que dizer. Joplin era onde ficava o Reformatório do Estado de Missouri.

— Tomara que vocês o encontrem bem — eu disse, enfim.

— Agradecida. Estamos muito felizes e ansiosos pra vê-lo. Quando tínhamos dinheiro, perdemos nosso menino. Agora que o dinheiro se foi, nosso menino vai estar de volta conosco. Estamos muito felizes.

— Acho que preciso sair e achar meu camarada. A gente tem que ir até Kentucky pra tomar o trem da L&N que segue pro Sul — eu disse.

— É bom você se cuidar. Precisamos de mais músicos, como Roland Hayes. Você disse que canta, não foi isso?

— Não. Eu toco piano — eu disse.

— Certo, tome cuidado.

O rosto da senhorinha ainda estava radiante com a conversa sobre o filho.

— Tchau — eu disse.

— Tchau e se cuide.

Ela me entregou um sanduíche embrulhado. Botei no bolso e subi no vagão.

Quando o trem de carga reduziu a velocidade, no pátio de St. Louis, entrei no vagão e me despedi mais uma vez. Eles eram gente fina. Lembrei deles alguns dias depois, quando chegamos a Decatur. Os meganhas tavam pelos pátios da ferrovia enquanto a gente chegava na cidadezinha. Eles foram pra dentro dos vagões procurando garotas, daí me levaram e me jogaram na tranca. Na cadeia, aprendi sobre Scottsboro e fiquei alegre quando Morrie foi até Montgomery, entrou em contato com os funcionários da escola que, finalmente, me tiraram de lá. Pensei um bocado de vezes naquele casal de coroas, durante o tempo em que estive preso, e só lamento que nem fiquei sabendo o nome deles.

[TEM HORA QUE É BRABO ACOMPANHAR]

O trem chegou à cidade às quatro da manhã. Os últimos cinquenta quilômetros tinham sido só de neve, e o ar quente da lanchonete chegou a fazer gelo nas vidraças. Era neve a ponto de se empilhar nos parapeitos das janelas. Tinha bem pouca gente pra última ceia e, olhando pela janela do vagão, assisti a cinco ou seis coelhos saltitando de bobeira pela neve que caía. Tava realmente confortável no vagão. O tilintar do gelo na jarra prata era bem agradável. Quando a gente chegou na estação, relutamos em sair do trem, mas a tripulação ia trocar os vagões, então tomamos decisão de pegar um bonde até o bairro negro da cidade pra ver se a gente descolava um quarto. Ia ser ótimo se a dona Brown pudesse nos dar guarida. A gente andou até o ponto e esperou, mas nada do bonde aparecer. Por cima da gente, no trilho do elevado, trens passavam a todo vapor largando um fumacê de faísca azulada na branca neve.

A gente ficou por ali vendo-os passar.

— Vamo pegar um deles — eu disse. — É mais rápido.

— Até são, mas esta noite essas porras tão indo pro caminho errado — disse Joe.

— Então tá, vamo de táxi — eu disse.

Já tava ficando frio.

— Tá parecendo que eles também sumiram — disse Joe. — Sem táxis, sem bonde, o trem de riba indo pro caminho errado e aqui tá um milhão abaixo de zero.

— Boralá — eu disse. — Vamo nessa.

Joe era alto e curvado, tinha um sorriso escrachado, usava óculos e, vendo o caminhar do elemento, o campeão dava passos largos. Tinha hora que era brabo acompanhar. E sempre era brabo ter que acompanhar o Joe. A neve começou a aumentar, a aumentar bastante, e o vento soprava parte dela pra dentro da minha gola. Depois que todos se recolheram pra dormir, a neve lotou o caminho do que antes era calçada.

— Bora sair dessa porra e vamo pro meio da rua — Joe disse.

— Bora — eu disse. — É mais fácil de andar.

A gente andou ao longo do trajeto em que o bonde tinha talhado sulcos na neve. A neve tinha virado gelo e, sob os postes de luz, os trilhos enferrujados pareciam manchas amarelentas de cigarro. Os sulcos muito rapidamente eram preenchidos com neve nova. Quando os vagões viessem pra carregar as pessoas pro trabalho, os trilhos já estariam bastante cobertos.

Os postes de luz e os letreiros de neon faziam você pensar no Natal, enquanto espocavam na branquidão. Era agradável divagar pisando a neve, e então um resto de bala cereja, que alguma criança deve ter deixado cair, derreteu e se esparramou feito um córrego congelado em vermelho, me lembrando da primeira neve com sangue que vi. Era lindo e triste. Éramos crianças, a gente tava brincando com os presentes e vimos um homem ser carregado dali. Ele tava ferido e tinha ficado lá congelando a noite inteira.

Joe e eu passamos por um gato parado na soleira de uma porta, ele miava. O pessoal tinha esquecido ele pro lado do fora durante a noite, fazia uma barulheira como se o mundo todo tivesse ido pra Flórida e não houvesse restado uma alma viva na cidade além dele, do gelo e da neve.

— Ouve só esse puto — Joe disse.

— Deve tá com frio — eu disse.

— Bem feito pra ele. Gatos dão um azar do cacete.

— Lembra daquele conto sinistro "Tu cá estará quando Martim chegar"? — eu disse.

— Sei coé, uma mina em Topeka me contou.

— As mulheres têm a manha de contar as histórias mais cabulosas, são mais terríveis que os caras, tem nem jeito.

— É memo, elas têm a manha.

A gente dobrou uma esquina, o vento dava lambadas nas abas das casacas entre nossas pernas. Lá de longe a gente conseguia ouvir o trilho do elevado chacoalhando

133

enquanto as rodas do trem guinchavam na parada. A neve polvilhava o azul do casaco de Joe. Havia brinquedos numa das vitrines na rua, um rato tinha feito um ninho com o enchimento que arrancou dum ursinho de pelúcia. O ursinho não reclamou quando parei pra assistir.

— Boralá, ô mané — chamou Joe.

O vento vinha do norte e a gente tinha que se curvar um cadinho pra frente ao andar contra a corrente de ar. Tinha vez que a gente virava de costas pro vento.

— Cara, essa parada é de lascar — eu disse.

— Tem nem caô, moleque — Joe disse.

— Tipo, imagina a gente em Pensacola agora?

— Sério, cara, nem começa com essa merda.

— Imagina o sol, os barcos chegando lá da baía, tudo claro e limpo, vindos de Nassau e Cuba; imagina os peixes no azul daquelas águas, passeios pela costa ao redor da baía; daí de noite pegar a mulherada, regado a birita, ouvindo um balofo cantando canções cubanas de amor...

— Cê tem cada ideia. Essa bosta de vento nem me deixa — disse Joe. — Outra parada, sempre tem muito caipira branquelo demais pro meu gosto.

A gente tava subindo um morrão e nenhum carro tinha passado por ali o dia inteiro. A neve tava espessa e, quando chegamos no trecho mais plano do topo, era como andar no meio do capim alto caçando coelhos. Uma folha de jornal voou bem na nossa frente, balouçava e farfalhava no vento.

— Mas que porra é essa? — Joe disse.

Eu só ri.

[TEM HORA QUE É BRABO ACOMPANHAR]

Um coroa, um desses sujeitos brancos, pintou do nada na porta de uma casa. Ele tava desagasalhado e tinha uma voz arrastada.

— Dá licença, com todo respeito...?

— Que cê quer? — Joe perguntou.

— Algum dos senhores poderia, por favor....?

— Dá uns trocados pra ele.

— Num tenho nada, não.

— Dá qualquer coisa pra ele e vamo sair desse frio do cacete.

Eu dei pro coroa uns sanduíches que tinha carregado lá do restaurante.

— Muito agradecido, meus senhores — ele disse. — Muito agradecido, mesmo. Muito, muito agradecido.

— Tá beleza — Joe disse.

O coroa olhou pra ele por um segundo, depois sumiu pelo beco. Seguimos andando pela neve. Tava tudo silencioso agora, e a neve compactada fazia um plosh plosh sob nossos pés.

— Aquele camarada amanhã te encontra com duas patacas no bolso e já vem logo te chamando de nêgo fiadaputa — Joe disse.

— Fazer o quê? — respondi.

A gente chegou na pousada onde a maior parte da galera ia quando tava virada da noite depois dum rolê, a gente sentiu um alívio ao chegar ali. A dona Brown cuidava do local e fazia o melhor rango da cidade. Era como voltar pra casa. Guardamos as malas e demos um pulo no outro lado da rua, no bar do Tom, pra tomar um quente com limão antes de dormir. O bar do Tom era uma loja antiga que ele transformou num bar e restaurante, e a aparência era tão obscura quanto a de Tom. Lá dentro tava uma moçada encostada no balcão e a jukebox tocava "Summertime". Dois sujeitos jogavam dados numa mesa lá nos fundos, outros riam duma piada qualquer na outra ponta do balcão. Uma mocinha, de vestidinho xadrez azul-e-branco, tomava um *pink lady* com dois camaradas numa mesa. Ela tinha mãos bonitas e um anel de brilhantes num de seus dedos com unhas escarlate. Os camaradas tavam bem chapados e eram bem-vestidos. Um deles era um brabo, tipo brabo à vera. Tão brabo quanto Paul Robeson, naquela tez e tom que a dona Brown chamaria de "mussum". E ele era escuro pacaralho, tipo a meia-noite.

— Esse neguinho meio que realça a cor das bochechas daquela mina — Joe disse.

— Ela é tipo uma dessas frangas brancas de granja.

— Tá no limite, tem o pé na cozinha, ela é meio lá, meio cá, daquele jeito — Joe disse.

— Cacete, ela é das nossas — eu disse.

— Oxe, *a gente* sabe, mas será que *eles* sabem?

— Aqui não é o Sul, cê tá ligado.

— E daí? — Joe disse. — Cê já ouviu falar na revolta que tiveram por aqui? — ele perguntou.

— Oxe, claro, mas isso foi há um puta tempo atrás — eu disse.

— Um puta dum otário — Joe disse.

Tomou tudo numa golada só. A birita era da boa.

[TEM HORA QUE É BRABO ACOMPANHAR]

— Afe! Cê é um puta caozeiro — eu disse. — Joe, o ancião da Gruta Gloriosa.

A garota e os camaradas pediram mais uma rodada de bebidas. Estavam ficando bastante barulhentos. Ela se levantou da mesa, foi até a cadeira do brabo e se debruçou sobre as costas dele se agarrando em volta do seu pescoço. Ela riu e seus dentes brilharam entre os lábios vermelhos. Ela berrou pro Tom, que tava preparando os drinques no balcão.

— Tommy! Esse aqui é o Charlie, o meu macho, Tommy — ela gritou. — Ele é o quindinzinho da patroa.

Tom, dentro do seu avental branco, com seus dentes brancos, preparava os drinques e gargalhava com os camaradas em volta do balcão. Sua cabeça, negra e careca, reluzia sob a luz vinda das prateleiras.

A garota acarinhou a cabeça do camarada. Ele arreganhou um sorriso e seguiu bebendo. Ele gostou, claro, do carinho e do agarrão. Ela tinha um cheiro forte de perfume.

— Cê num acha ele uma fofura, Tommy? — ela gritou.

Tommy tava ocupado.

— Tommy! Tommy, meu querido! Cê num acha meu bebezão um fofinho?

— É sim, gata — Tom riu. — Quanto mais preto o bago, mais doce sai o suco.

O brabo se aconchegou por cima dela feito um gato gordo.

* * *

137

— Saca só aquele palhaço — Joe disse, apontando pra porta.

— Ele tá tendo um siricutico ali — eu disse.

Os camaradas no bar racharam o bico de rir no instante em que o cara apareceu na claridade do salão. Ele empacou, piscando seus olhos com a luminosidade, e cambaleava.

— Ninhum d'ocês, bando de fiodaputa, vai mexê cumigo ou cum minha família — disse.

Ele cambaleava, olhando em volta por todo o bar.

— Num sinhô — ele disse. — Cês num é da porra da minha família.

Tinha uma coisa branca em seus joelhos porque tinha caído na neve.

— O jacu tá bem do calibrado, danou-se — alguém disse.

— Tô falano sério! — o camarada disse ainda cambaleante.

Ele tava bem do chapado. A moçada parou de encher o saco dele, daí o cabra foi até o balcão.

— Ninguém num si mete cumigo quando tô cum meu biricotico — ele disse. — Intão, chefia, num mexe cumigo qui num tô de brinquedo, não.

Geral voltou a beber.

— Vam'bora, boralá voltar pra pensão da dona — Joe disse. — Antes que o Big Ike vem aqui pra pegar o arrego dele. O cabra e a galerinha dele vão ver a guria e acabar achando que ela é branca, daí vai começar um banzé do cacete.

[TEM HORA QUE É BRABO ACOMPANHAR]

Big Ike tinha o controle de todos os bares ali na área.

— O Ike tá nem aí pra essa porra — eu disse.

— Bora, senhor pica das galáxias, vamo dar o fora dessa caralha.

— Beleza. Já bebi pra conta memo.

Assim que a gente se virou pra sair do bar, Big Ike e a galera dele entraram empurrando a porta no meio do povo. A gente sentia o cheiro de álcool recendendo, enquanto passávamos por eles perto da porta.

— Tá cedo ainda, rapaziada — Tom disse alto.

— Nem tá — Joe gritou de volta. — A gente já tá pregado. O dia foi muito corrido.

— Então, beleza. B'as noite, rapaziada — Tom disse.

— Boa noite, rapazes — a garota disse alto.

Uma moçada danou a cantar "Good Night, Ladies" no bar, mas um dos capangas do Ike meteu uma moeda pra dentro da Jukebox e, subitamente, pararam.

Saindo pela porta reparei que a garota era, de fato, um pitéu. Toda vestida num xadrez azul-e-branco, seu sorriso continuava bonito, apesar de ela estar meio altinha. E quando o camarada se levantou, deu pra ver que formavam um belo casal. Ainda que ele estivesse um bocado tonto, e limpasse a boca com as costas de uma das mãos, enquanto segurava o espaldar da cadeira com a outra, com aqueles dentes brancos feito leite na sua cara preta, não dava pra ignorar que até aquele cretino podia ser um bicho bem aprumado. Lá pros cafundós do Sul são chamados de "neguinho folgado", e ele era desse tipo, dos que

139

fazem a linha garanhão. Enquanto eu voltava lá pra pensão com o Joe, me perguntava o que tinham feito com a gente. Pega um brabo tipo esse daí; tem um monte desses lá pras bandas do Sul, mas eles sentam nos fundos igualzinho ao resto. Eles devem ter amansado algum lance na gente durante a escravidão, tipo o que fazem com a ferocidade dos cães de caça. Até certo momento a gente meio que tinha um lance; daí, depois disso, o que quer que a gente tivesse, já tava perdido. Mas é daquele jeito, a gente é tipo lobo solitário, cada um fazendo o seu próprio corre — como aquele cara em Birmingham que enfrentou sozinho um esquadrão de polícia inteiro. Uma vez tive que sair na porrada, só eu, com uma gangue de branco azedo. Eu tava indo nadar lá no bicão e passei por um moleque branquelo encostado numa cerca de jardim.

"Eaí, tiziu. Tiziu. Ô, tiziu! Tiziu, aposto que teu nome é tio Barnabé", ele esgoelava. Era, mais ou menos, do meu tamanho e usava o mesmo tipo de macacão. Passei por ele, mas continuou esganiçando: "Ô tiziu, tiziu, olha só pra esse tiziu"; daí eu disse: "Esse frangote branquelo tá caçando é briga", dei meia volta e fui lá. O vacilão continuava ganindo e, quando cheguei nele, danou a gargalhar. Nessa altura eu já tava era muito é puto e, quando fui pra cima dele, não dei nem o papo. Saí arrancando ele da cerca, meti logo um soco pra dentro da fuça, e ele deu um berro... Joe e eu já tínhamos voltado pra dona Brown, subimos as escadas pros quartos no segundo andar. Na curva da escada, lá em riba, logo acima duma mesa se via um pôster dos The Singing Boys pendurado na parede. Eu tinha lido sobre eles na escola… *Enfim, o branquelinho mirrado deu um grito: "Chega junto, cambada", e danou a chover pedra na minha cabeça, vindas lá de cima das árvores, daí ele veio pra cima e me agarrou.* Tava eu divagando nessa parada toda quando ouvi um tiro, depois mais quatro disparos seguidos, vindo de algum lugar perto da pensão da dona.

— Quer apostar quanto que é o Ike? — Joe disse.

— Vem cá, dá pra ver o bar do Tom aqui da janela do meu quarto.

— Sabia que ele não ia gostar nada daquele brabo colado naquele piteuzinho — ele disse.

A gente subiu desabalado pelas escadas e fomos ver da janela. Lá embaixo na rua a gente conseguia ver o Ike e a galera dele em frente ao bar do Tom. Uma bala passou zunindo pela rua e quebrou um dos isoladores do poste de luz em frente à pensão da dona, e dava pra eu ouvir o click clack click clack das armas. Deviam ser umas sete, todas atirando.

Daí a gente viu o brabo. Vinha ele em nossa direção, tipo aquele cara que encabeça um time nas corridas de revezamento, e quando passou por um facho de luz, estava sem roupas e tinha um avermelhado no seu tórax, que enrugava e reluzia. Joe tinha aberto a janela e quando o queridão passou, a rápidos passos largos, dava pra gente ver que murmurava enquanto ia como se contasse só consigo mesmo. Era gozado ver como ele corria tranquilão depois de beber tanto. Na neve, com sua reluzente pele negra, parecia ainda mais brabo que Paul Robeson.

Ike e seus capangas pararam o tiroteio e começaram a fazer uma algazarra dos diabos. Me adiantei pra falar algo pro Joe, ele tava aos brados e danou a espraguejar e ansiar por uma metranca. Ele se tremia todo feito vara verde, de tão puto da vida que tava.

Já dava pra ouvir as sirenes, daí Ike e seus comparsas pularam pra dentro dos carros e se mandaram dali. Eles dobraram as esquinas sob duas rodas. Portas e janelas se abriram por toda a avenida. Joe me deu um berro e mandou eu vir com ele, e pouco antes de eu sair da janela, olhei e vi aquele brabo virando a esquina de onde ficava o bar do Tom. Ele já tava mais devagar e, logo que pintou pela esquina, desabou nos braços da galera que tava ali na porta de entrada.

Dei uma corrida pra apanhar o Joe, porque ele tava puto pacaralho e, se pá, ia querer resolver aquele bê-ó do seu próprio jeitinho. Meti o pé dentro da neve espessa e no lamaçal perto da valeta da calçada, de onde saía um cano quente que fazia a calefação do prédio. Por deusdocéu, pensei, o pobre-diabo tá todo doído, chapado de birita e tão zoado que não fazia nem ideia de como tinha ido parar ali. Alcancei Joe antes que ele chegasse lá e, quando a gente tentou entrar, uma viatura apareceu com a sirene desligada. Os policiais entraram com pressa e a gente foi logo atrás.

O brabo tava esparramado em cima dumas mesas que o pessoal juntou lá nos fundos, vestido só de bermuda, e o piteuzinho esfregava ele com alguma parada que tirava duma garrafa. Ela só ria.

[TEM HORA QUE É BRABO ACOMPANHAR]

A putinha, pensei. A puta vagabundinha asquerosa. Quando saquei o Tom, ele tava rindo tanto que até a barriga se sacudia toda debaixo do avental branco, os camaradas que tavam ali na porta também riam, e Sam, o garçom que vinha lá da cozinha com uma panela na mão, de onde saía um troço fumegante, também tava rindo. Geral no lugar tava rindo, menos o Joe, os policiais e eu. Joe olhou pra mim. O polícia deu um berro:

— Que porra é essa que tá rolando aqui?

E Joe deu outro berro:

— Quem foi que atirou no cara?

Parecia até que os olhos do Joe iam pular pra fora da cara dele, o suor minava e escorria pelo rosto. Geral caiu na risada logo que o polícia quis saber também quem tinha dado tiro no brabo, daí o cana pegou um cabra, só de sacanagem, e deu-lhe uma traulitada com o porrete só pra esfriar os ânimos. O resto deu uma chegada pra trás, mas seguiu de risadinha. Daí o Tom recuperou o fôlego e foi lá dar um papo na polícia.

— Tá tudo tranquilo, rapaziada — ele disse.

— Issaí, tá de boaça — alguém também disse.

Tom se esforçava pra retomar o fôlego. A polícia não tinha se convencido de que tava tudo bem.

— Que porra rolou aqui? — perguntei.

O piteuzinho ainda tava muito chapada e continuava a rir.

— Cala a boca dessa mina! — alguém esbravejou.

143

— Era só uma aposta, rapaziada — Tom riu.

Ele derrubou um copo enquanto se encostava no balcão do bar, ainda tentando retomar o fôlego.

— Mas que caralho de porra de aposta?

— Só uma aposta, neguinho. Ha ha ha.

— Ele tá mal? — alguém, que nem bem tinha entrado ali, quis saber.

— Viu só, Al, tu tá vendo? Assim que é a tua fodida Chicago. Aqui maluco atira num cara por conta duma aposta — Joe esbravejava.

E ele esbravejava com tudo que tinha em alta voz.

— Ha ha, eitacarai, chega no sapatinho, rapaziada. Foi só uma aposta — Tom deu uma risada.

Ele finalmente recobrou o fôlego e começou a contar. Lá nos fundos o queridão tava respirando mais aliviado, e o piteuzinho, ainda rindo, secava ele com uma toalha.

— O tal de Ike é um traíra — alguém disse.

— Né memo, sô — disse um outro. — O tal de Ike num liga pra porra ninhuma.

— Cara, tem nada a ver, tem que ele também curte uma zoeira.

— Se liga — disse Tom. — O Charlie aqui conhece o sêo Ike desde que eles eram moleques e, assim que Charlie bateu o olho nele quando o viu entrar, lembrou dele e se ofereceu pra pagar uma bebida.

Alguém danou a rir de novo.

— Foi desse jeito memo — um camarada disse.

[TEM HORA QUE É BRABO ACOMPANHAR]

— Daí o Charlie — seguiu o Tom — cismou que o sêo Ike tinha que tomar um *singapore sling*, mas o sêo Ike disse que era muito melado e dava um ruim danado pra gente aquela birita.

— Vamo lá, Tom, desembucha logo — disse um polícia.

— Então, Charlie disse pro sêo Ike que ele tava de vacilo, porque doce é bom pra dar energia, e ele sacava essa parada porque era jogador profissional de futebol e, toda vez que ia jogar, comia um docinho.

— Essa foi engraçadona — alguém disse.

— Cala boca — disse o policial.

Tom seguiu.

— Sêo Ike disse pro Charlie que ele tava de caô e parecia bêbado à beça, que ele devia parar com aquela banca de cafetão e de andar por aí com mulher duzôto aquela hora da madruga. Daí que o Charlie apostou com o sêo Ike que conseguia tomar um *singapore sling* e correr pelo quarteirão pelado sem passar frio. Sêo Ike topou a aposta, disse pra ele arrancar a roupa e sair correndo.

— Tá, tá bom, então ele correu e tomou um tiro, foi isso? — inqueriu o policial.

— Né nada, aquilo nem era sangue, nada. A dona Flo ali derrubou um cadinho de môio nele quando saiu fora; os tiros foram do sêo Ike dando o sinal pro Charlie se ir.

— Ah se isso não é um puta vexame — disse uma figura que tinha chegado depois no rolê. O tumulto na porta começou a se dispersar e a polícia saiu pra procurar o Big Ike.

145

— Bora vazar dessa merda — Joe disse.

Quando a gente saiu, as luzes se apagavam ao longo da rua e um caminhão de leite abria novos talhos de rota pela neve. Enquanto a gente caminhava, olhei pro Joe e arreganhei um sorriso.

— Aê, tu é mó cuzão — ele disse.

A gente tava aliviado. *Eu* fiquei aliviado pacaralho.

A BOLA PRETA DA VEZ

Tinha atravessado a metade do dia na correria, entre limpar o saguão, trocar a areia das plantas nos vasos, espanar e varrer os corredores, também esvaziar o lixo, que mais tarde vai ser queimado no incinerador. Fiz só uma parada pra buscar leite pra Sra. Johnson, que tinha um bebezinho e sempre foi gentil com o meu moleque. Tinha começado às seis da manhã em ponto, e por volta das oito dei um pulo até o alojamento onde a gente morava, em cima da garagem, pra vestir o moleque e dar a ele frutas e cereais. Ele tava bastante pensativo sentado em seu cadeirão e, por várias vezes, parou com a colher a meio caminho da boca pra me observar enquanto eu mordia minha torrada.

— O que tá pegando, filhote?

— Papi, eu sou preto?

— Claro que não, você é moreninho. Você sabe que não é preto.

— Assim, ontem o Jackie disse que eu era muito preto.

— Ele tava só brincando. Você não pode deixar eles brincarem assim contigo, filhote.

Ele tinha quatro anos, era um molecote moreninho dentro dum macaquinho azul; quando papeava e ria com seus amigos imaginários, sua voz era suave e arredondada naquele sotaque, como o da maioria dos negros americanos.

— Moreninho é muito mais legal que branco, né, não, papi?

— Tem gente que acha, sim. Mas americano é melhor que os dois, filhote.

— É, painho?

— Ô se é. Agora esquece esse papo sobre você ser preto, o papai volta mais tarde, assim que terminar o trabalho.

Deixei ele mexendo com os brinquedos e um livro com figuras até eu voltar. Ele era um camaradinha muito maneiro, como costumava dizer particularmente depois de tardes sossegadas, nas quais eu tentava estudar, ou quando, pra ele ficar sossegado, pedia um doce ou assistia a um "desenho animado"; vira e mexe eu tinha de largar ele sozinho pra cuidar dos meus afazeres nos apartamentos.

Eu tinha retornado e começava a mexer com o bronze nas portas da entrada, quando um sujeito apareceu e ficou me vigiando lá da rua. Era magro e tinha o rosto avermelhado, tipo aquela vermelhidão que pinta quando rola de comer direto certa comida. Se vê um bocado disso nos cafundós do Sul, e não é raro aqui no Sudeste. Ele ficou ali de butuca, eu podia sentir sua mira nas minhas costas, enquanto eu polia o bronze.

Dei uma atenção toda especial a essa lataria porque pro Berry, o síndico, o lustro desses painéis e maçanetas de bronze era a medida de todo o meu esforço. Já tava perto da hora dele chegar.

— Bom dia, John — ele diria sem olhar pra mim, mas pra lataria de bronze.

— Bom dia, senhor — eu diria sem olhar pra ele, de cara pra lataria de bronze. Habitualmente, ele não via nada a sua volta, só a própria cara refletida naquela moeda. Pra ele, eu *só tava* ali. Além dos portões de bronze, da grana e daquela meia dúzia, ou mais, de samambaias no escritório, não boto fé que ele desse importância a outros interesses reais na vida.

Não posso ter nenhuma falha esta manhã. Dois camaradas que trabalhavam no prédio do outro lado da rua já tinham sido demitidos porque os brancos exigiram seus empregos, e como o meu moleque na idade que tá precisa de alimentação especial, e planejo voltar a estudar no próximo período, eu não posso me dar ao luxo de permitir que uma coisa qualquer na calçada destrua minhas chances. Especialmente porque Berry tinha dito a um dos meus amigos do prédio que não gostava daquele "merda de crioulo educado".

Fiquei tão preocupado com o portão de bronze que, quando o sujeito falou, até pulei de susto.

— Oba, e aí? — ele respondeu. Aquele modo típico de falar manso estava ali. Mas faltava alguma coisa, algo que geralmente tá por trás desse modo de dizer.

— Bom dia.

— Parece que você pega pesado trabalhando esse bronze daí.

— É que à noite ele acaba sujando muito.

Agora já não faltava mais nada. Quando tinham algo a dizer pra gente, sempre apareciam amistosos.

— Você trabalha aqui faz muito tempo? — ele perguntou, apoiando-se num suporte com o cotovelo.

— Dois meses.

Fiquei de costas pra ele enquanto trabalhava.

— Tem mais alguma gente de cor trabalhando aqui?

— Sou o único — menti. Tinha mais outros dois. De todo modo, não era da conta dele.

— Tem muita coisa pra fazer?

— Pra mim, o suficiente — eu disse. Por que, pensei, ele não entra logo e pede o emprego? Por que ficar me aporrinhando? Por que me atentar até eu pular no gogó dele? Será que ele não sabe que por aqui a gente não teme lutar contra os da sua laia?

Quando me virei pra pegar o frasco com cera e passar mais um pouco com o trapo de pano, ele tirou um maço de cigarros do seu casaco azul puído. Notei que suas mãos tinham cicatrizes como se tivessem sido queimadas.

— Já fumou Durham? — ele perguntou.

— Não, obrigado — eu disse.

Ele deu uma risadinha.

— Não é do teu costume essas coisas assim, não, né?

— Não tô acostumado com o quê?

Tô por aqui com esse cara, mais um pouco e o sangue ferve.

— Um camarada tipo eu oferecendo pra um sujeito como você algo além duma corda.

Parei e dei uma encarada nele. Ficou ali todo se rindo com o maço na mão estendida. Tinha um bocado de bolsões ao redor dos olhos dele, tive que sorrir de volta. A despeito de mim mesmo, tive que sorrir.

— Tem certeza de que não quer fumar um Durham?

— Não, obrigado — recusei.

Ele foi ludibriado pelo sorriso. Um mero sorriso não podia mudar as coisas entre minha espécie e a dele.

— Confesso que não parece nada de mais — ele disse.

— Porém, isso aqui é baita diferente prum cacete.

Parei de polir, mais uma vez, pra ver até onde ele ia com aquilo.

— Porém — ele disse — tenho uma coisa que vale mesmo muito a pena; quer dizer, se você tiver interesse, claro.

— Pode falar — eu disse.

Nesse ponto, pensei, é que ele vai tentar passar a perna no bom e velho "Jão".

— Pois veja, eu venho lá do sindicato e a gente pretende organizar toda prestação de serviços em condomínios aqui neste distrito. Pode ser que você tenha lido algo a respeito nos jornais, não?

— Eu vi algo a respeito, sim, mas o que isso tem a ver comigo?

— Assim, em primeiro lugar, a gente vai fazer com que eles aceitem cortar parte da carga do trabalho de vocês. Isso quer dizer menos horas de trabalho, salários maiores e melhores condições no geral.

— O que você tá dizendo, de verdade, é que vai entrar aqui e me chutar porta afora. Os sindicatos não querem negros como integrantes.

— Você quer dizer que *alguns* sindicatos não querem. Era assim que costumava ser, mas as coisas têm mudado.

— Escuta aqui, amigão. Você tá perdendo o meu e o seu tempo. Seus sindicatos de merda são como tudo nesse país, só servem pros brancos. O que leva *você* a se importar com a porra dum negro, afinal? Por qual motivo *você* deveria tentar organizar os negros?

O sangue até sumiu da cara dele.

— Vê essas mãos?

Ele estendeu as próprias mãos.

— Sim — eu disse, mirando não suas mãos, mas a cor que desaparecia da cara dele.

— Pois então, eu ganhei essas cicatrizes no condado de Macon, Alabama, por dizer que um amigo meu, que era negro, estava em outro lugar num dia em que ele, supostamente, teria estuprado uma mulher. Eu sei que ele estava, porque eu mesmo estava junto. A gente, eu e ele, estava tentando pegar um empréstimo de sementes, isso a cerca de oitenta quilômetros longe do acontecido, se é que aconteceu. Eles fizeram essas cicatrizes com um maçarico e mandaram eu meter o pé pra longe do condado, tudo isso sob a acusação de que eu tentei ajudar um crioulo a fazer uma mulher branca passar por mentirosa. Naquela mesma noite, eles lincharam ele e queimaram a sua casa. Fizeram isso com ele e também comigo, e a gente estava a oitenta quilômetros longe dali.

Ele estava olhando, enquanto falava, praquelas mãos estendidas.

— Meu Deus — foi tudo que consegui dizer. Me senti péssimo quando olhei atentamente pras mãos dele pela primeira vez. Deve ter sido um inferno. A pele parecia torcida, engruvinhada, como se tivesse sido frita. Mãos fritas.

— Desde aquele tempo eu tenho aprendido um bocado — ele disse. — Me meti com esse tipo de negócio. Num primeiro momento, estive com os agricultores, quando eles souberam quem eu era e consegui entusiasmá-los, saí pelo país e segui pras cidadezinhas. Primeiro fui pro Arkansas, agora por aqui. Quanto mais eu ando, mais vejo; quanto mais vejo, mais trabalho.

Ele olhava bem no meu rosto nesse momento; aqueles olhos azuis em sua pele avermelhada. Ele estava olhando muito seriamente. Eu não disse nada. Não sabia o que dizer sobre isso. Podia ser que ele estivesse dizendo a verdade; eu não sabia. Ele estava sorrindo novamente.

— Agora, escuta — ele disse. — Não tenta maginar de um tudo duma vez. Haverá uma série de reuniões neste endereço, a partir desta noite, e eu gostaria bastante de ver você por lá. Leve quantos amigos quiser.

Ele me deu um cartão com um endereço e, escrito nele, apontava oito da noite, em ponto. Ele deu um sorriso assim que peguei o cartão, fez um gesto como se fosse apertar minha mão, mas se virou e desceu da calçada pra rua. Notei que mancava enquanto ia embora.

— Bom dia, John — disse o Sr. Berry. Eu me virei e lá tava ele: de chapéu coco, sobretudo preto, bengala, monóculo, a coisa toda. Ele parou pra contemplar o bronze do mesmo modo que a Rainha Má faz na frente do espelho, naquela história que meu moleque tanto gostava.

— Bom dia, senhor — eu disse.

Eu devia ter terminado isso bem mais cedo.

— John, aquele homem que vi saindo daqui, queria falar comigo?

— Ah, senhor, queria não. Só queria comprar umas roupas velhas.

Satisfeito com o meu trabalho pela manhã, ele entrou e, então, fui até o alojamento pra cuidar do meu moleque. Era quase meio-dia.

Chegando lá, encontrei o moleque empurrando um carrinho, pra frente e pra trás, debaixo duma cadeira no quartinho que eu usava pra estudar.

— Oi, papi — ele chamou.

— Oi, filhote — chamei de volta. — O que você tá aprontando hoje?

— Ah, eu tô carregando.

— Pensei que você tinha que se levantar pra carregar.

— Não aquele jeito, painho, esse jeito.

Ele ergueu o brinquedo.

— Aaah, *daquele* jeito, então — eu disse.

— Ô, papi, cê tá brincando comigo. Cê sempre brinca, né, papi?

— Nada. Quando você age mal, eu não brinco, né?

— Acho que não.

Na verdade, ele não agia mal; só o suficiente pra que não me desse preocupação por ele ser tão de boa

O negócio de transporte rodoviário logo absorveu o menino, daí fui pra cozinha fazer o almoço dele e esquentar um café pra mim.

O moleque tinha um bom apetite, então não precisava obrigá-lo a comer. Dei comida a ele e me sentei numa cadeira pra estudar, porém a cabeça tava longe, daí me levantei e fui fumar um na esperança de que isso ajudasse, mas não ajudou, por isso larguei o caderno de lado e peguei A *condição humana*, de Malraux, que a Sra. Johnson me deu; tentei ler enquanto tomava uma xícara de café. Também tive que desistir disso. Aquelas mãos não me saíam da cabeça, não conseguia esquecer aquele sujeito.

— Papai. — Meu moleque me chamou com suavidade; é sempre suave quando estou ocupado.

— Diga, filhote.

— Quando eu for grande, acho que vou ser motorista de caminhão.

— Ah é?

— Sim, daí vou poder usar um montão de bóton no boné, igualzinho os moço que carregam carne pro supermercado. Papi, hoje eu vi um homem de cor e ele tinha um bocado deles. Olhei pela janela e um homem de cor dirigia o caminhão hoje, e, papai, ele tinha dois bótons no boné, eu vi eles tudinho, vi sim.

Ele tinha parado de brincar e ainda estava de joelhos, ao lado da cadeira, naquele macaquinho azul. Fechei o livro e olhei demoradamente o meu moleque. Devo ter parecido muito do esquisito.

— Quê que foi, papi? — ele perguntou. Expliquei que eu tava pensando, me levantei e fui dar uma olhada na janela da frente. Ele ficou quieto por um tempo; então começou a rolar o seu carrinho de novo.

A única característica interessante do alojamento era que ele era bem no alto, o que oferecia uma boa vista pra todos os lados. Era à tardinha e o sol tava um brilho só. Ali do lado, um garoto e uma garota jogavam tênis na entrada duma garagem. Do outro lado da rua, uma garotada, vestindo trajes de praia de cores brilhantes, brincava num longo trecho gramado diante dum prédio todo em pedraria branca. A cuidadora, toda vestida de branco, exceto pelos óculos escuros, que só vi porque ela levantou a cabeça, tava sentada, imóvel como numa fotografia, debruçada num livro sobre os joelhos. Enquanto as crianças brincavam, o vento carregava seus gritos até onde eu tava; durante o tempo em que olhava, um bando de pombos pousou na entrada que leva à garagem, perto da grama, levantando voo logo em seguida, revoluteando na multidão, enquanto outra criança vinha saltitando, subindo pela rua, puxando algum tipo de brinquedo. As crianças viram e correram em bando em sua direção, quando a cuidadora ergueu os olhos e chamou todo mundo de volta. Ela chamou a atenção da criança dizendo alguma coisa e apontou na direção das garagens de onde ele tinha acabado de sair. Deu pra ver a criança se virar devagarzinho e arrastar seu brinquedo, um tipo de ave que batia as asas feito uma águia, lentamente atrás si. Daí parou e arrancou uma flor de um dos arbustos que ladeavam o caminho, virando-se pra olhar rapidinho pra cuidadora e, em seguida, saiu correndo de volta pelo caminho. A criança era Jackie, o filho menor do jardineiro branco que trabalhava do outro lado da rua.

Quando me virei, percebi que meu filho tinha vindo ficar do meu lado.

— O que você tanto olha, papi? — ele disse.

— Acho que o papi tá só de olho no mundo.

Aí me perguntou se podia sair pra brincar de bola, e como logo mais eu tinha que descer pra regar o gramado, disse que tava tudo bem. Mas ele não conseguia encontrar a tal bola; então tive que fazer isso por ele.

— Agora tá tudo certo — eu disse a ele. — Você fica lá nos fundos, fora do caminho do pessoal, e não me fique enchendo as pessoas com tanta pergunta.

Sempre chamei atenção dele sobre as perguntas, ainda que nunca tivesse adiantado muito. Ele desceu as escadas correndo e logo pude escutar o tump tump tump da bola quicando contra as portas da garagem lá embaixo. Mas como não fazia muito alarde, nem pedi pra ele parar.

Peguei, de novo, o livro pra ler e devo ter caído no sono imediatamente, pois quando acordei já tava quase em cima da hora de regar o gramado. Quando desci as escadas, o meu moleque não tava lá. Chamei, mas não ouvi nenhuma resposta. Dei um pulo no beco, atrás das garagens, só pra ver se ele tava brincando por ali. Tinham três garotos brancos, mais velhos, sentados sobre uma pilha de caixotes velhos conversando. Pareciam inquietos quando subi. Perguntei se tinham visto um menininho negro passar por ali, contudo disseram que não. Desci o beco até chegar nos fundos do armazém, onde os caminhões manobravam, e perguntei a um dos colegas que trabalhavam lá se tinha visto meu moleque. Ele disse que fez todo o turno da tarde na plataforma e que tinha certeza de que o garoto não tinha passado por lá. Quando saí, soou o apito das quatro e tive de ir regar o gramado. Fiquei me perguntando onde aquele moleque tinha se metido. Ao voltar pelo beco, estava realmente ficando preocupado. Então me ocorreu que ele podia ter ido lá pra frente, apesar de eu avisar pra ele não fazer. Óbvio, ele só podia ter ido pra lá, sentar na grama da frente. Ri de mim mesmo por ficar tão alarmado, então decidi não bater nele, embora Berry tivesse dado claras instruções pra que ele não fosse visto na frente sem mim. Um moleque daquele tamanho obrigava você a fazer daquele jeito.

Ao contornar o prédio, passando pelas novas sempre-vivas, pude escutar o meu moleque chorando, mas naquele tom que nenhuma outra criança fazia, e quando fiz a volta completa, encontrei ele parado olhando, com lágrimas no rosto, pruma janela.

— O que tá rolando, filho? — perguntei. — Aconteceu alguma coisa?

— Minha bola, minha bola, papi — ele chorava, olhando pra janela no alto.

— Tá, filho. Mas o que aconteceu com a bola?

— Ele jogou na janela.

— Ele quem? Quem jogou, filho? Para de chorar e fala pro seu papi.

Ele fez um esforço pra engolir o choro, enxugando as lágrimas com as costas da mão.

— Um menino grande e branco, aí pediu pra eu jogar a bola pra ele, aí ele pegou e jogou naquela janela, aí ele saiu correndo — ele disse apontando pro lugar.

Olhei pra cima no exato instante em que Berry apareceu na janela. A bola foi parar dentro do seu escritório.

— John, esse é o teu moleque? — ele disse ensandecido. Ele estava roxo de raiva.

— Sim, senhor, mas...

— Pois bem, ele jogou essa bola de merda e destruiu uma das minhas samambaias.

— Sim, senhor...

— Você sabe que ele não perdeu nada aqui na frente do estabelecimento, não sabe?

— Sei...!

— Pois bem, se eu o vir por aqui de novo, fique ciente de que é você quem vai ser a bola preta da vez. Agora leva ele de volta lá pros fundos, depois venha aqui pra limpar a sujeira que ele fez.

Fitei-o muito seriamente, depois peguei a mão do moleque pra levá-lo de volta ao alojamento. Tava difícil de enxergar enquanto a gente andava de volta, acabei me arranhando ao tropeçar nas sempre-vivas enquanto a gente dava a volta no prédio.

O moleque já não tava mais chorando e, quando olhei pra ele, a dor na minha mão me fez perceber que eu estava sangrando. Quando subimos, sentei o moleque numa cadeira e fui procurar iodo pra tratar o machucado.

— Se alguém me perguntasse, meu jovem, eu diria que seu rosto precisa é de uma boa lavada.

Ele não disse nada de imediato, mas logo que saí do banheiro, ele pareceu mais disposto a conversar.

— Papai, o que aquele moço quis dizer?

— Quis dizer como, filhote?

— Aquele negócio da bola preta da vez. Cê entendeu, papi.

— Ah, aquilo...

— Cê sabe, papi. O que ele quis dizer?

— Ele quis dizer, filhote, que se a sua bola cair de novo no escritório dele, seu papi vai ter que correr atrás dela, vai ter que encaçapar aquela velha bola preta.

— Ah tá — ele disse, mais uma vez bem pensativo. Aí, depois de um tempinho, ele me disse: — Papi, acho que aquele moço branco não enxerga muito bem, né, papi?

— Por qual motivo você acha isso, filho?

— Ah, pai — ele disse sem muita paciência — todo mundo pode ver que minha bola é branca.

Pela segunda vez naquele dia, olhei longamente pra ele.

— É, filhote — eu disse. — Sua bola é branca.

Em todo caso, na maior parte das vezes é branca, eu pensei.

— Papi, eu vou poder brincar com a bola preta da vez?

— Um dia, filhote — eu disse — um dia...

Ele já tava brincando com a bola da vez; isso ele iria descobrir mais tarde. Ele já tava aprendendo as regras do jogo, só não sabia disso ainda. Claro que ele ia jogar a bola da vez. Na real, coitado do malandrinho, ele ia jogar até enjoar do jogo. Ah, sim, o bom e velho jogo: a bola da vez. Mas é claro que eu ia começar a contar pra ele as regras, tudo em seu tempo.

Minha mão ainda tava ardendo por causa do arranhão, enquanto eu arrastava a mangueira pra regar o gramado e, olhando pra mancha de iodo, pensei nas mãos fritas daquele sujeito, então tateei meu bolso só pra ter certeza de que ainda tinha guardado o cartão que ele me deu. Pode ser que aquela bola velha tivesse uma cor diferente do branco, afinal.

O REI DO BINGO*

A mulher na sua frente comia um amendoim torrado que cheirava tão bem que ele mal conseguia segurar a fome. Ele nem pestanejava, só queria que se apressassem e começassem o bingo. Ali, à sua direita, dois sujeitos bebiam vinho numa garrafa dentro dum saco de papel, e ele ouvia um gorgolejar suave no escuro. Seu estômago roncou baixinho, dando aquele engulho feito nó. Se estivesse no Sul, ele pensou, só precisaria inclinar-se e dizer: "Moça, a senhorita poderia me ceder alguns desses amendoins, por favor?", ela entregaria o saquinho e esqueceria de pensar naquilo até nunca mais. Ou poderia, da mesma forma, pedir um gole daquela birita pros carinhas. O povo lá das bandas do Sul era muito unido por conta disso; lá não pre-

_____

* Originalmente publicado em *Tomorrow*, novembro de 1944.

163

cisavam nem saber quem era você. Mas aqui em cima era diferente. Peça alguma coisa a qualquer um e logo imaginam que você é um maluco. Bom, maluco eu não sou. Eu só tô meio quebrado porque não tenho documentos pra conseguir um trampo, e Laura tá prestes a morrer porque a gente não tem grana pro médico. Mas eu não sou maluco. E, no entanto, uma dúvida, uma ideia fixa martelava em sua mente quando ele olhou de relance pra tela e viu o protagonista entrando furtivamente numa sala escura, lançando o facho de luz duma lanterna ao longo do paredão das estantes de livros. É aqui que ele encontra a passagem secreta, lembrou. O cara passava abruptamente pela parede e encontrava a mina amarrada numa cama, com as pernas e os braços bem abertos e as roupas rasgadas toda em frangalhos. Ele riu baixinho pra si mesmo. Ele já tinha visto aquele filme umas três vezes, essa era uma das melhores cenas.

O camarada sussurrou, à sua direita, com os olhos arregalados pro companheiro:

— Mermão, saca só esse lance!

— Eita porra!

— Quem dera eu tê ela amarrada assim...

— Ó lá o mané desamarrando ela!

— Ah, cara, ele ama ela.

— Amando ou num amando!

O cara se mexia impacientemente ao lado dele, que tentava se envolver com a cena. Porém, Laura não saía da sua cabeça. Ficou rapidamente bodeado de ver o filme, daí olhou pra trás, em direção ao intenso facho de luz vindo da janela de projeção, logo acima do balcão na galeria. Começava mais fina e ficava mais larga, e as partículas de poeira dançavam na sua claridade até chegar no telão. Era estranho como o feixe sempre pousava direto na tela, não se dispersava, nem baixava em outro lugar. Eles tinham tudo no jeito. Tudo era ajeitado. Imagina, agora, quando aquela mina entra em cena com o vestido estropiado, daí a mina dana a tirar o que sobra de roupa, então o cara surge e não desamarra ela, mas a mantém ali e vai tirar a própria roupa? Aí que eu queria ver. Se um filme desse tipo saísse do controle, aquela rapaziada lá em riba ia pirar. Ia ter tanta gente aqui, ô se ia, que você não conseguiria achar assento durante uns nove meses! Uma sensação estranha percorreu sua pele. Estremeceu. Ontem tinha visto um sarnento enroscado no cangote duma mulher, enquanto saíam sob a luz da rua. Mas, metendo a mão na coxa por dentro dum buraco no bolso, só encontrava cosquinha de arrupio e velhas cicatrizes.

Gorgolejou a garrafa mais uma vez. Ele fechou os olhos. Neste momento, uma melodia de fabricar sonhos acompanhava o filme, logo os apitos do trem soavam lá longe, e ele era, de novo, um garoto andando ao longo duma ferrovia no Sul, que vendo o trem chegando ia correndo o mais rápido que conseguia, escutando o sopro do apito, saltando, por um fio, fora dos trilhos do pontilhão pro chão firme com a terra tremendo sob seus pés, sentindo um alívio enquanto corria barranco afora coberto dos lastros de via até a estrada, daí olhava às suas costas e via com horror que o trem tinha saído dos trilhos e começava a segui-lo bem pelo meio da pista e, junto, um bando de brancos rindo dele enquanto corria aos berros...

— Acorda aí, amigão! Que cê tá gritando nessa porra? Não se ligou que a gente tá tentando brisar no filme aqui? Ele olhou atônito pro cara, embora com gratidão.

— Foi mal, meu velho. Devia de tá sonhando. — ele disse.

— Tranquilo, se liga aqui, toma um gole. E para de fazer essa barulheira, cacete!

Suas mãos tremiam quando ele inclinou a cabeça. Não era vinho, mas uísque. Puro uísque de centeio. Deu um golaço e resolveu que era melhor não dar outro, então devolveu a garrafa de volta pro dono.

— Valeu, meu velho — ele disse.

Naquele exato momento ele sentiu o uísque puro bater quando desceu queimando goela adentro, ficando cada vez mais quente e cortante à medida que rolava. Não tinha comido o dia todo e isso o deixou grogue. O cheiro do amendoim o apunhalou como uma faca, então ele saiu dali pra procurado um lugar no corredor central. Porém, assim que se sentou e viu uma fileira de garotas jovens, de rosto afogueado, levantou-se no mesmo pé e vazou, pensando: Cocotas, cês deviam tá rebolando em outras bandas. Acabou encontrando um assento várias fileiras à frente, quando as luzes se acenderam e viu o telão desaparecer atrás duma pesada cortina vermelha-e-dourada;

logo que a cortina subiu, entraram um cara com o microfone e um ajudante de palco.

Ele procurou, sorrindo, por suas cartelas de bingo. O chapa na entrada não ia gostar nada de saber que ele tinha *cinco* cartelas. Assim, nem todo mundo ia jogar bingo e, mesmo tendo cinco cartelas, ele não tinha grandes chances. Porém, pela Laura, precisava ter fé. Ele analisou as cartelas, cada qual com seus números diferentes, marcando o centro livre de cada uma delas, espalhando-as ordenadamente em seu colo. E quando as luzes se apagaram, sentou-se esparramado na cadeira, de onde conseguia mirar tanto as cartelas quanto o globo do bingo apenas com um rápido movimento de olhar.

À frente, no fundo escuro, o cara com o microfone apertava um botão, preso a um longo fio que fazia girar o globo do bingo, e cantava o número a cada vez que ele parava. Era só a voz soar e seu dedo corria pelas cartelas à procura do número. Com cinco cartelas, tinha que agir rápido. Ele ficou tenso; tinha cartelas de monte e o cara era rápido demais com aquela voz de chiadeira. Talvez ele devesse escolher só uma e jogar as outras fora. Porém temia. Subiu um calor. Se pergunta: quanto será que deve custar o médico da Laura? Mas que porra, se liga nas cartelas! No desespero, ouviu o cara cantar o número um na sequência, coisa que faltava em todas as cinco cartelas. Nunca ia vencer daquele jeito…

Quando viu a fileira de casas marcadas na terceira cartela, ficou paralisado; ainda escutou o cara cantar mais três números antes de se cambetear pra frente, aos berros de:

— Bingo! Bingo!

— Deixa esse mané subir aí — alguém gritou.

— Vai lá, cara!

Saiu trocando os pés corredor adentro e subiu os degraus do palco, até uma luz tão nítida e brilhante que, por um instante, o cegou; então sentiu que estava enfeitiçado por algum poder estranho e misterioso. No entanto, era tão familiar quanto o sol, e ele sacou que só podia ser a roda.

O cara com o microfone se dirigia à plateia falando uma coisa qualquer, enquanto segurava sua cartela. Uma luz branda reluziu em seu dedo quando soltou a cartela da mão. Suas pernas bambearam. O cara se aproximou, batendo os números da cartela com os que estavam escritos a giz no quadro. E se ele tivesse cometido um erro? A brilhantina no cabelo do cara fez ele se sentir meio mole, então se afastou. Contudo o cara já estava conferindo a cartela pelo microfone, daí precisava ficar. Ele ficou tenso, ouvindo.

— Na linha do O, é quarenta e cinco; na linha do I, sete; na linha do G, três. Na linha do B, noventa e seis. Na linha do N, é treze — o cara cantou os números.

Respirou aliviado quando o cara sorriu pra plateia.

— Senhoras e senhores, tá lá o que vocês queriam, eis o escolhido da galera!

A plateia explodiu entre risos e aplausos.

— Vem pra cá, vem pra cá, meu amigo, aqui na frente do palco.

Ele foi vagarosamente, torcendo pra que a luz não fosse tão forte.

— Pra levar a bolada desta noite, no valor de US$ 36,90, a roda da fortuna precisa parar no duplo zero, entendeu? Ele assentiu, conhecia o ritual dos muitos dias e noites que tinha assistido aos vencedores marcharem pelo palco pra apertar o botão que controlava a roda giratória e receber os prêmios. E, a partir daquele instante, era ele a seguir as instruções, tal como tivesse cruzado um milhão de vezes aquele palco traiçoeiro pra disputar a premiação. O cara estava fazendo alguma piada e acenou, vagamente, com a cabeça. Ficou tão tenso que sentiu uma vontade súbita de chorar, então sacudiu a poeira. Sentiu, imprecisamente, que toda sua vida era determinada pela roda da fortuna; não só o que aconteceria, agora que finalmente estava cara a cara com aquilo, mas tudo o que havia acontecido até então, desde o seu nascimento, o nascimento de sua mãe e o nascimento de seu pai. Isso sempre esteve lá, mesmo que não tivesse consciência de que, todo santo dia, o azar lhe dava as cartas e os números às mãos. Aquela sensação persistia, ele só queria sair rápido dali. É melhor eu vazar logo daqui, antes de fazer papel de otário, foi o que pensou.

— Vem cá, menino — o cara chamou. — Você ainda nem começou.

Alguém deu uma gargalhada, enquanto ele retornava hesitante.

— Tá tudo pelo certo, certinho?

Ele deu um riso amarelo com aquela conversa fiada do cara, porém ficou sem resposta, e sabia que aquele riso frouxo não era convincente. Não mais que de repente ele sacou que estava à beira dum constrangimento terrível.

— Menino, de onde você vem? — o cara perguntou.

— Lá do Sul.

— Senhoras e senhores, ele é lá das bandas do Sul! — disse o cara. — De onde lá? Mete a boca no microfone.

— Rocky Mont — ele disse. — Rock'Mont, Car'lina do Norte.

— Então quer dizer que você resolveu descer do morro pra cá, nos EUA. — o cara deu uma risada. Ele sacou que o cabra estava tirando ele pra mané, contudo algo gelado foi posto em sua mão e as luzes não estavam mais às suas costas.

Parado diante da roda, sentiu-se sozinho, porém era daquele jeito mesmo, daí se lembrou do seu plano. Daria um giro curto e rápido na roda. Bastava só um toque no botão. Tinha visto aquilo vezes demais, quase sempre parava perto do duplo zero quando era curto e rápido. Se encheu de força; o medo tinha desaparecido e teve o pressentimento de que aquilo prometia, como se estivesse prestes a ser recompensado por todas as coisas que sofreu durante toda sua vida. Tremendo, apertou o botão. Houve um remoinho de luzes e, por um segundo, percebeu enfim que, embora quisesse muito, não conseguia parar. Era como se segurasse um fio de alta-tensão com a mão nua. Seus nervos, tensos. Quanto mais a roda aumentava a velocidade, mais e mais parecia atraído por aquele poder, como se controlasse seu destino; com isso foi acometido por uma necessidade profunda de se jogar, de rodopiar, de perder a si mesmo em seu redemunho de cores. Agora não podia parar, ele sabia. Era só deixar rolar. O controle com o botão repousava aconchegado na palma da mão, exatamente onde o cara tinha colocado. De repente ele se tocou que o cara estava ao seu lado, dando dicas pelo microfone enquanto, logo atrás entre as sombras, a plateia cantarolava com aquelas vozes esganiçadas. Seus pés não paravam. Ainda havia aquele sentimento de desamparo dentro dele, fazendo com que parte de si desejasse voltar atrás, mesmo naquele instante em que a bolada estava em suas mãos. Esmagou o controle até seu punho doer. Então, como o repentino chiado agudo do alarme dum metrô, uma dúvida varreu sua cabeça. Imagina que não tenha girado a roda por tempo o bastante? Podia fazer o quê, como ia saber? Então sacou, à medida que as perguntas surgiam, que enquanto mantivesse o controle agarrado, tinha como segurar a sorte a seu favor. Ele, e somente ele, poderia definir, ou não, se o prêmio seria seu. Nem mesmo o cara com o microfone podia fazer qualquer coisa a respeito agora. Sentiu-se inebriado. Nessa altura, como se tivesse descido duma alta colina pra um vale lotado de gente, ouviu a plateia aos berros.

— Vaza daí de riba, seu otário!

— Passa a vez pra outra pessoa...

— Num é que o véio Jack tá crente que achou o fim do arco-íris...

A última voz não era desaforada, daí ele virou-se e sorriu como quem devaneia à boca do berreiro. Então, categoricamente, deu-lhes as costas.

— Não demora, minino — veio outra voz.

Fez um meneio com a cabeça. Estavam gritando atrás dele. Essa gente não entendia o que tinha acontecido com ele. Jogavam bingo há anos, dia após dia, noite após noite, tentando ganhar a grana do aluguel ou alguma merreca pro lanche. Mas nenhum daqueles espertalhões tinha descoberto essa coisa maravilhosa. Olhava a roda rodopiando os números e experimentou a explosão dum arrebatamento: Isto é que é Deus! Este é que é o Deus verdadeiro! Disse em alta voz:

— Isto é que é Deus!

Disse aquilo com tanta, e absoluta, convicção que temeu tombar desmaiado na ribalta. Mas a multidão berrava tão alto que não conseguiu ouvir. Bando de manés, ele pensou. Eu tô aqui tentando revelar o segredo mais maravilhoso do mundo, e eles berrando como se tivessem enlouquecido. Uma palma cai sobre seu ombro.

— Chegou a hora, você tem que fazer uma escolha, menino. Já está demorando demais.

Ele espanou a mão violentamente.

— Me deixa em paz, cara. Sei o que tô fazendo!

O cara ficou espantado e segurou o microfone pra se apoiar. Por algum motivo ele não queria ferir os sen-

O REI DO BINGO

timentos do cara, e sorriu, percebendo, com súbito tormento, que não tinha como explicar àquele cara por que cargas d'água ele tinha que ficar ali segurando o controle do botão pra sempre.

— Vem cá — ele chamou, fatigado.

O cara se aproximou, rolando o pesado microfone pelo palco.

— Qualquer um pode jogar este bingo, procede? — ele disse.

— É claro, mas...

Ele sorriu, sentindo-se inclinado a ser paciente com aquele homem branco, engomadinho, vestindo camisa esporte azul, sob seu terno alinhado e bem cortado de gabardine.

— Foi o que achei — ele disse. — Qualquer um pode levar a bolada, desde que consiga o número da sorte, procede?

— Essa é a regra, mas veja só...

— Exatamente como pensei — ele disse. — E o grande prêmio vai pra quem souber como ganhar?

O cara assentiu sem dar um pio.

— Então tá bom, sai pra lá e vê só como eu ganho do meu jeito. Num vou machucar ninguém — ele disse. — E tem mais: vou te mostrar como é que se ganha. Quero mostrar pra todo mundo como é que se faz essa parada.

Uma vez entendido, sorriu de novo pra que o cara sacasse que não tinha nada contra ele por ser branco e impaciente. Seguiu em recusa a ficar vendo o cara mais que o necessário e se manteve segurando o controle do botão; as vozes da multidão chegavam até ele como algazarra em ruas remotas. Deixa que berrem. A negrada lá em baixo ficou morta de vergonha porque, afinal, ele era preto como eles. Sorriu ensimesmado, pois sabia exato como rolava. Na maioria das vezes, ele mesmo tinha vergonha do que os negros aprontavam. Pois bem, desta vez, deixa eles envergonhados com algo que o valha. Algo como ele ali. Era como um longo e fino fio preto estirado e enroscado na roda da fortuna; enroscado a ponto de querer gritar; enroscado mas, desta vez, ele mesmo controlava o enrosco, a tristeza, a vergonha, e, por ter feito o que fez, ia ficar tudo bem com Laura. Cambaleou pra trás. Alguma parada tinha dado ruim? Estava uma barulheira só. O que não sacavam era que, embora ele controlasse a roda, ela também o controlava, salvo ele não mantivesse o botão pra sempre sob controle, pra sempre e sempre, ela ia parar, fazendo-o morrer na praia, entre a cruz e o calvário nesta dura colina, íngreme e escorregadia, e agora essa, Laura está morta? Tinha só uma chance, tinha que fazer tudo o que a roda mandava. E, segurando o controle do botão em desespero, descobriu com surpresa que aquilo transmitia uma energia nervosa. Gelou a espinha. Sentiu um certo poder.

Nesse instante enfrentava a provocação da turba enfurecida, a berraria penetrando seus tímpanos como trompetes soando numa vitrola. Rostos vagos brilhando sob as luzes do bingo deram-lhe uma tal consciência de si mesmo que antes desconhecia. Por Deus no céu, estava no comando do espetáculo! Tinham de contra-atacá-lo, pois que consigo estava a sorte deles. É tudo no *meu* nome, pensou. Deixa os desgramados berrarem. Então alguém ria em seu interior, quando percebeu que, de algum modo, tinha esquecido seu próprio nome. Bateu uma tristeza, uma sensação de desamparo em ter perdido o seu nome, e rolar isso era muito doido. Esse nome tinha-lhe sido dado pelo homem branco que era dono de seu avô, há muito tempo perdido lá pras bandas do Sul. Pode ser que, talvez, aqueles espertalhões soubessem seu nome.

— Quem sou eu? — ele gritou.

— Ô otário, anda logo e aperta o bingo!

Também não sabiam, ele pensou com pesar. Eles nem sabiam seus próprios nomes, eram um bando de indigentes, os pobres coitados. Pois bem, não precisava mais daquele nome antigo; e renasceu. Enquanto esteve com o controle nas mãos, ele foi O-cara-que-segurou-o--controle-do-botão, O-cara-que-levou-o-prêmio-pra-casa, O-cara-que-foi-o-rei-do-bingo. Era desse jeito que as coisas tinham que ser, e ele teria de segurar o controle, mesmo que ninguém o entendesse, mesmo que Laura não o entendesse.

— Viva! — ele gritou.

A plateia se aquietou, como faz um grande fã diante de quem morre.

— Tô vivo, Laura, meu dengo. Vambora, é tudo nosso, meu quindim. Viva!

Estava aos berros, lágrimas caíam pelo seu rosto:

— Não tenho ninguém além de você!

Os gritos vinham do fundo de suas entranhas. Sentiu como se o fluxo do sangue em sua cabeça estivesse prestes a explodir espalhando gotículas vermelhas, como se desatasse a costura de uma bola, feito uma cabeça porretada pelos cassetetes da polícia. Ao se curvar, viu um filete de sangue espirrar no bico do sapato. Levou a mão livre à cabeça. Era o seu nariz. Deus, imagina se algo deu errado? Tinha a impressão de que toda a plateia, de algum jeito, havia entrado nele chutando a boca do seu estômago, e ele não era capaz de enxotá-los. Queriam o prêmio, isso sim. Queriam o segredo só pra eles. Contudo, nunca entenderiam; ele precisava manter a roda da fortuna girando pra sempre, só assim Laura estaria a salvo na roda. Porém, ela estaria mesmo? Tinha que estar, porque se ela não estivesse a salvo, a roda teria parado de girar; não conseguiria continuar. Ele tinha que vazar dali, *vomitou* tudo, quando sua mente fabricou uma imagem de si mesmo correndo com Laura no colo, descendo pelos trilhos do metrô, na frente da locomotiva da linha A que atravessa a cidade, correndo a toda, *vomitando* de pânico enquanto aquela gente gritava pra ele sair de lá, contudo não sabia de que maneira ia sair dos trilhos, pois uma vez que saíssem, isso faria com que o trem descarrilasse sobre ele, e tentar escapar por outros trilhos significava topar com uma terceira linha, ardida e tão perigosa quanto, parecida com uma cinta que lançava faíscas azuladas que o cegavam a ponto de tornar difícil enxergar um palmo diante do nariz.

Ele escutava a cantoria e as palmas da plateia.

Dá mais mé pro neguim, meu nego!
E bate na palma da mão
Tá que não guenta a ôia, ô bamba!
É um copo-de-leite, não encana
Dá mais mé pro neguim, meu nego!

Um amargo rancor cresceu dentro dele com aquela cantoria. Eles acham que sou louco. Pois bem, deixem que gargalhem. Vou fazer o que preciso fazer.

Estava numa postura de escuta intensa, quando se tocou de que estavam vendo algo acontecer no palco logo atrás dele. Sentiu-se vulnerável. Porém, quando se virou, não viu ninguém. Se ao menos sua mão não doesse tanto. Nesse instante começaram a aplaudir. Por um instante, achou que a roda tinha parado. Mas era impossível, sua mão ainda estava segurando o controle do botão. Foi quando ele os viu. Dois homens uniformizados acenaram lá dos fundos do palco. Vinham em sua direção, caminhando no mesmo ritmo, lentamente, como um grupo de sapateado voltando pra o terceiro ato. O plexo deles projetou-se à frente, ele deu um passo atrás, olhando em volta alucinadamente. Não tinha nada com que pudesse se defender. Tinha só o longo fio preto que levava a um plugue em algum lugar nos bastidores, contudo não podia usá-lo, porque acionava a roda da fortuna. Recuou devagarinho, olhando os homens fixamente, enquanto mordia os lábios num estático sorriso tenso; moveu-se em direção aos fundos do palco e percebeu que não tinha como ir muito mais longe, uma vez que, de repente, o fio ficou esticado e não podia correr o risco de cortá-lo. Contudo, precisava fazer alguma coisa. A plateia foi às vaias. Subitamente empacou, vendo os homens pararem, com as pernas elevadas como se num passo interrompido duma dança em câmera lenta. Não tinha nada a fazer, senão correr na direção contrária, então picou a mula, deslizando e escorregando. Surpresos, os homens recuaram. Ele deu um encontrão violento neles quando passava.

— Pega ele!

Ele correu, mas tão rápido que o fio estancou, resistindo, então se virou e correu de volta. Nessa hora, escorregou, porém descobriu que, correndo em círculos diante da roda, conseguia evitar que o fio estancasse. Contudo, dessa maneira, tinha que balançar os braços pra manter os homens afastados. Por que cargas d'água não podiam deixar um homem em paz? Ele correu, sempre em círculos.

— Desce a cortina — alguém gritou. Mas não conseguiram fazer aquilo. Caso tivessem feito, a réplica da roda que vinha lá da sala de projeção seria cortada. Contudo pegaram-no antes que pudesse dizer qualquer coisa, tentando abrir o punho dele na marra; ele lutava tentando meter os joelhos na peleia, sempre segurando o controle do botão, sua vida dependia daquilo. E agora estava caído, vendo um pé descendo e esmagando cruelmente seu pulso, caindo, enquanto via a roda girando serenamente acima dele.

— Não posso desistir — disse aos berros. Então, calmamente, como se num tom de confidência, disse: — Gente, eu não posso desistir de jeito nenhum.

Algo aterrissou com força contra sua cabeça. E, quando bambeou, chutaram o controle pra longe dele, completamente fora de seu alcance. Desvencilhou-se tentando pegar, ainda no palco, o controle de volta, enquanto mirava a roda girar lentamente até parar. Sem surpresa alguma, viu que marcava o duplo zero.

— Tá vendo — ele apontava, com rancor.

— Claro que sim, rapazinho, vai ficar tudo bem — um dos homens disse, sorrindo.

E ao ver o homem menear a cabeça pra alguém que ele não conseguia enxergar, sentiu-se muito, mas muito feliz; receberia, afinal, o que todos os ganhadores recebem.

Mas, à medida que se aqueceu com a justiça do sorriso tenso daquele homem, não tinha observado a sua lenta piscadela, tampouco viu o homem de pernas arqueadas atrás dele se distanciar da cortina, que descia repentinamente, e preparar-se pra golpeá-lo. Só deu tempo de sentir uma dor surda explodindo em seu crânio, e ele sabia, mesmo quando aquilo lhe escapava, que sua sorte tinha acabado naquele palco.

EM UM PAÍS DESCONHECIDO*

No bar, seu olho começou a ficar pesado. Pontinhos brancos dançavam diante dele, que teve de tapar o olho com a mão para poder ver o Sr. Catti. Sr. Catti, naquele instante, estava bebendo, e quando o fundo do copo arrodeou e bateu na mesa pôde ver a cara pálida e o nariz afilado de Sr. Catti, então sorriu. Sr. Catti vinha sendo bastante gentil e fazia um tremendo esforço para ser agradável.

— Isso faz muita falta num navio — ele disse, esvaziando o copo.

— Você gosta da cerveja feita em Gales?

— Gosto bem.

— Nem é tão boa quanto a feita antes da guerra — Sr. Catti disse com tristeza.

---

* Originalmente publicado em *Tomorrow*, julho de 1944.

— Devia ser das boas, mesmo — ele disse.

Olhou, com alguma prudência, aquela beleza de garçonete dentro dum avental azul. Observava seu cabelo escuro se mexer preguiçosamente para frente enquanto tirava cerveja de um barril, cena que ele só tinha visto em filmes ingleses. Com o olho tapado enxergava muito melhor. Do outro lado do salão, perto da lareira com brasas incandescentes, dois caras estavam tentando derrubar os pinos do boliche. Um deles começou a cantar "Treat Me Like an Irish Soldier", quando Sr. Catti disse:

— Há quanto tempo você está aqui em Gales?

— Coisa duns quarenta e cinco minutos — ele disse.

— Então você tem um bocado de coisa pra ver — disse o Sr. Catti, que se levantou e carregou os copos até o balcão pra serem enchidos.

Tenho nada, ele pensou, enquanto olhava pros cartazes de anúncio, GUINNESS É A MELHOR PEDIDA, acho que já vi o bastante. Ao desembarcar do navio, estava animado ao entrar em uma terra estranha. Pela estrada afora, caminhava no escuro; planejava ficar em terra firme a noite inteira e, de manhãzinha, veria o país com olhos frescos, como aqueles com os quais os peregrinos tinham avistado o Novo Mundo. Naquele momento aquilo não parecia tão estúpido, não até os soldados apinhados na esquina brotarem da escuridão. Alguém deu um grito: "Minha Nossa Senhora", no que ele pensou: "Ele deve ser um local"; então se desculpou e deu um riso frouxo sob a luz da lanterna que coruscara em seus olhos. Pressentiu que a porrada ia estancar quando ganiram: "É um puto dum tição" e, óbvio, lá veio a pancada. Viu que o tempo ia fechar para ele, quando alguns dos compatriotas do Sr. Catti chegaram no "deixa disso" e, em seguida, foi levado para dentro do bar pelo senhor. Diante das circunstâncias, depois de várias rodadas de cerveja, apresentaram-se uns aos outros, evitando discretamente mencionar seu olho, e, enquanto ouvia com uma atenção forçada aquele papo qualquer nota sobre a história nacional de Gales, buscava se acostumar com aqueles homens, de boina e chapéu de aba curta, que falavam tão serenamente enquanto tomavam seus gorós.

De entrada, meteu todo mundo no balaio de sua fúria cega. Contudo, pareciam tão genuína e intransitivamente polidos que ficou desarmado. A raiva e a indignação, pouco a pouco, iam baixando, e ele experimentava um singular sentimento latente de inutilidade e ódio de si mesmo. Por qual motivo os culparia se, afinal, só tinham-no socorrido? Quem ficou alegrinho ao ouvir uma voz americana tinha sido *ele*. Não faz o menor sentido você descontar algo neles, essa gente é de uma cepa diferente, até mesmo em relação aos ingleses. Ao menos é o que eles te dizem, pensou; ficou assistindo ao Sr. Catti retornar, com a cabeça inclinada de lado para evitar a fumaça do cigarro e as canecas presas em seus dedos.

— Isso é uma vergonha pro nosso país, Sr. Parker — disse com veemência o Sr. Catti. — E seu olho, como está?

— Vai melhor, obrigado — ele disse, um pouco mais animado. — Não precisa esquentar com isso, é tipo uma briga de família. Têm muitos como eu aqui em Gales?

— Ah, sim! Os ianques estão por toda parte. Ianques negros e brancos.

— Ianques negros? — segurou o riso.

— Isso. E muitos deles são bons moços.

O Sr. Catti olhava pro relógio em seu pulso.

— Ai meu Deus! Sinto muito, mas estou um pouco atrasado pra chegar na minha apresentação. De repente você queira vir? Os rapazes do meu clube não são cantores profissionais, veja bem, mas alguns deles têm a voz afinada.

— Ah, não... não, melhor não — ele disse. No entanto, toda e qualquer música era sua paixão, e ficou bastante animado.

— É um clube privado — Sr. Catti disse, tranquilizando-o. — Aberto apenas pra membros, e nossos convidados, claro. Ficaríamos muito contentes com sua presença. Pode até ser que os rapazes cantem algumas daquelas canções de vocês, os *spirituals*.

— Olha só! Então você conhece nossa música também?

— E muito bem — disse o Sr. Catti. — Desde que vocês vieram pra cá, aprendemos que, como nossa gente, seu povo ama música.

— Acho que eu fico a fim de ir, sim — ele disse, levantando-se e vestindo seu casaco de marinheiro. — É bem possível que você tenha de me levar.

— Muito que bem. Não é longe, não. É só pegar a subidinha da rua Reta.

Do lado de fora, o pálido feixe de uma luminária revelava o caminho de pedra. Em algum lugar, naquela escuridão nevoenta, um grupo de garotas adolescentes cantava uma música nostálgica do selo Tin Pan Alley. E, de novo, lá vamos nós, foi o que ele pensou. É melhor eu voltar pro navio, sabe lá que trem vai pular da escuridão desta vez, quem sabe um daqueles do elevado na Segunda Avenida. E se mais alguém trouxer um ianque, imagina? Para quê estragar a diversão? Diabos, é só deixar *ele* ir embora...

O Sr. Catti o estava conduzindo porta adentro, em direção a uma suave ladainha de vozes. Pode ser, ele pensou, que até se ouça aquele antigo clássico *"spiritual"*: *Buana, buana, teu desejo é uma ordem, e te servir é o bom e velho masoquismo!*

Quando a luz estourou em seu olho prejudicado, foi como se tivesse sido depelado por uma mão invisível. Ficou sem saber se o tapava ou se o deixava quieto para não chamar atenção. Mas e daí?

Sr. Catti cumprimentava os homens que abriam espaço para eles no balcão. Olhando ao seu redor, onde cadeiras dobráveis estavam ajeitadas em volta de fileiras de mesinhas, ouviu um cara, vestido num terno azul, executando arpejos brilhantes no piano. O clima ali era bom.

— Dois uísques, Alf — disse o Sr. Catti ao homem atrás do balcão.

— Opa! E uma boa noite pra você, Twm — respondeu o homem.

— Este é o Sr. Parker, Alf — disse Sr. Catti, apresentando-o. — Sr. Parker, aqui está o Sr. Triffit, nosso gerente aqui no clube.

— Como vai, tudo bem? — ele disse, apertando a mão do Sr. Triffit.

— Bem-vindo ao nosso clube, senhor — disse o Sr. Triffit. — A mim me parece que é americano, acertei?

— Exato — respondeu e, com uma tirada espirituosa, acrescentou: — Um ianque negro.

— Achei que o Sr. Parker iria gostar de ouvir a apresentação, Alf. Então, vim com ele.

— Estamos muito felizes em ter o senhor por aqui — disse o Sr. Triffit. — Acredito que você vai se divertir bastante, Sr. Parker. Se me permite dizer, olha, nossos rapazes são... assim, eles são.... caramba, eles são da pesada!

— Certeza, não duvido nada — ele disse e ficou pensando, ele fala como se a sua vida dependesse disso.

— Um brinde a tudo de melhor! — disse o Sr. Catti.

— Um brinde a sua saúde, senhor — disse o Sr. Triffit.

— Ao país de Gales e a vocês dois — disse o Sr. Parker.

— E à América, que Deus a abençoe — disse o Sr. Triffit.

— Pois, sim... e à América — disse o Sr. Parker.

Percebeu que o Sr. Triffit estava prestes a mencionar seu olho, e ficou aliviado que o Sr. Catti já começava a sair daquele balcão.

— Vem comigo, Sr. Parker. É melhor escolhermos logo nossos lugares.

Sentaram-se perto da frente, onde os cantores estavam reunidos para começar. O calor da bebida já se alastrava brandamente por ele, e numa crescente vinha uma sensação de alheamento logo que ouviu o primeiro número anunciado, uma canção galesa que seria cantada à capela. O calmo acorde de afinação soou ao longe. Ele viu os homens se preparando e o regente, então, levantando a mão e tomando fôlego, seguido de uma breve e enérgica batida com a batuta, marcando o tempo do ataque preciso da entrada.

As vozes bem combinadas o pegaram desprevenido. Ouviu a opulência fervorosa da música com espanto e deleite, e ouviu, ao pé de estranhas palavras galesas, ecos duma música singela, semelhante ao som das canções folclóricas russas.

— É fabuloso — sussurrou, vendo Sr. Catti sorrir com aquele ar de sabido.

Olhou ao seu redor. Viu os rostos dos ouvintes capturados num feitiço singular de comunicação, enquanto tomavam seus goles e baforavam seus cachimbos ou cigarros. Vagarosamente o salão ia se enchendo de agradáveis torvelinhos de fumaça. Estavam, agora, cantando outra de suas canções, e embora não pudesse compreender as palavras, sentia-se atraído para mais perto de sua teia de significados. Nessa altura, a emoção íntima e detestável de alienação atravessou-lhe a garganta.

— Esta canção é sobre Gales? — perguntou, abrandando o olhar.

— Exatamente! — exclamou o Sr. Catti. — E a anterior era sobre uma batalha em que derrotamos os ingleses. Não há nada como a música pra revelar o que mora em nosso coração. Não é preciso nem haver letra, na verdade.

Um vivo rubor corou o rosto do Sr. Catti. Ele ficou contente por eu ter entendido, pensou. Enquanto os homens cantavam num tom mais brando, sentiu uma crescente pobreza de espírito. Devia saber mais sobre os galeses, sua história e sua arte. Se ao menos tivéssemos um cadinho do que têm, ele pensou. Uma nação muito menor que a nossa, todavia não consigo me lembrar de uma canção sequer que seja sobre o amor à terra ou ao país. Tampouco há uma mísera canção de batalha que seja nossa, exceto por aquelas que cantam os tempos bíblicos. Em sua imaginação viu um camponês russo se ajoelhar e beijar a terra, e, ao se levantar, com os olhos marejados, antes de entrar na batalha conclamou aos brados de júbilo feroz. E agora sentia, entre esses homens, ao ouvir suas vozes, uma onda do profundo desejo de conhecer o anseio e o júbilo de tal amor.

— Você vê aquele camarada ali, o com o rosto vermelho? — perguntou o Sr. Catti.

— Sim.

— Nosso principal proprietário de minas.

— Os outros, quem são?

— Tem de um tudo, ali. O tenor, na ponta, é um mineiro. O Sr. Jones, no centro, é um açougueiro. E o homem escuro, ao lado dele, é um sindicalista.

— Quem poderia imaginar vendo a harmonia entre eles — disse sorrindo.

— Quando cantamos, somos galeses — disse o Sr. Catti, e logo começou o número seguinte.

Parker sorriu ao se tocar de uma imprevista expansividade que, antes, só conhecia nas festas em que a mistura se dava, nos encontros musicais de improviso. Quando a gente dana a cantar, senhor, no improviso somos da geleia geral! Ele gostava desses galeses. Nem mesmo no navio, onde o perigo comum e a união na luta criavam um certo grau de compreensão, tinha se aproximado tanto dos homens brancos.

Pois isto é uma unidade de valor, disse a si mesmo. E tal unidade é música, uma "linguagem visceral", o "amor que alimenta". Vai lá, otário. Por trás desse olho morto, você pode até se safar. Se joga. *Tá certo, lá vou eu: Ó Gales querida; eu te saúdo. Beijo os lábios de teu espírito altivo, em meio ao justo som de tuas canções. Que tal foi? O fino.* Um bocadinho bagunçado na metáfora, mas nada mal. Vamos lá, Otelo, manda mais uma. Otelo? *De fato, e que esquisito. Porém. Contudo. Todavia.* Então: *Ó justa nação guerreira, por tua causa, meu caos arrefeceu outra vez...* Outra vez? Parker, atenha-se aos fatos. E é bom lembrar o que fizeram a Otelo. *De jeito nenhum, ele fez o que fez consigo mesmo. Não conseguia acreditar em sua mulher, menos ainda em si mesmo. Sei como* é, então isso faz Iago entrar na classe dos quinta-colunas. Mas *você* acredita em quê? *Cala-te, ô; eu creio em música!* Isso aí! E *no acontecimento desta noite, esta.* Eu creio... Eu *quero acreditar neste povo.* Alguma coisa estava prestes a sair do controle. Ficou na defensiva. Em casa, poderia afogar sua humanidade num mar de cinismo dissimulado, que gente branca não conseguiria nunca reconhecer. Porém, estes homens são capazes de entender. Talvez, pressentiu com vago terror, durante toda aquela noite tenha ficado exposto, cego pela luz brilhante de sua humanidade abissal, e tenham-no enxergado pelo que foi, era e viria a ser. Estava em seu perfeito juízo. Escutando agora, ele pensou, Você mora em um navio, lembre-se. Desça a rua Reta na escuridão. Em casa você vive no Harlem. Hora de parar de ser levado pela birita deles, até mesmo por sua hospitalidade. Você está a serviço do Estado, Parker. Eles nunca saberão disso. E se estes homens souberem, nada importa. Apague a lamparina, Otelo; ou será que gosta mesmo de ser atingido por ela?

— E seu olho, como está agora? — Sr. Catti perguntou.

— Quase que completamente fechado.

— Isto é uma grandíssima merda.

— Mas a noite foi maravilhosa — ele disse. — Uma das melhores que já passei.

— Estou muito satisfeito que você veio — disse o Sr. Catti. — E os rapazes também. Eles notaram que você apreciou a música e estão contentes.

— Um viva ao canto — levantou o brinde.

— Ao canto — disse o Sr. Catti. — A propósito, vou te emprestar minha lanterna pra que encontre o caminho de volta. É só devolver na livraria do Heath. Todo mundo sabe onde fica.

— Mas você não vai precisar dela?

Sr. Catti colocou a lanterna em cima da mesa e disse:

— Não se preocupe. Estou em casa. Conheço a cidade como a palma da minha mão.

— Obrigado — ele disse afetuosamente. — Você é muito gentil.

Quando os primeiros compassos foram tocados, ele viu os outros empurrarem suas cadeiras para trás e ficarem de pé, e ele ficou também de pé, meio que sem entender, quando o Sr. Catti sussurrou em seu ouvido: "É o nosso hino nacional."

Tinha alguma coisa na música e na maneira como cobriam a cabeça que era estranhamente comovente. Ele cantarolava baixinho. Quando terminou, quis saber o que diziam aquelas palavras.

Porém, enquanto ele ainda ouvia ressoar o último acorde triunfal, o piano tocou "God Save the King". Não foi, nem de longe, tão emocionante. Em seguida, com uma sutil modulação, entravam na "Internacional", que dizia palavras sobre um exército internacional. Foi levado de volta aos tempos em que era só um garotinho marchando pelas ruas, atrás das bandas que vinham à sua cidade no sul do país...

O Sr. Catti o cutucou. Olhou para cima e viu o maestro mirando-o diretamente, sorrindo. Todos olhavam para ele. Qual o motivo, será que era o seu olho? Será que era alguma piada? De súbito reconheceu a melodia e sentiu seus joelhos balançarem. Era como se tivesse sido empurrado pro horrível e agourento país dos sonhos e o estivessem atiçando a cometer algum ato indesejado e degradante, do qual apenas a incapacidade de lembrar as palavras o salvaria. Era tudo irreal, ainda que parecesse ter acontecido antes. Só que, naquele momento, a melodia parecia carregada de um novo e grandioso significado, e que aquela parte dele que queria cantar não conseguia, então, se encaixar nas velhas palavras que reconhecia. Além da música, continuava escutando as vozes dos soldados gritando, como quando seus olhos foram atingidos por aquela lanterna. Viu que os cantores ainda o encaravam e, como se o traísse, ouviu sua própria voz cantando, como um rádio subitamente amplificado:

> ... *Gave proof through the night*
> *That our flag was still there*...

Soava como a voz de outra pessoa, sobre a qual ele não tinha controle. Seu olho latejava. Uma onda de culpa o deixou atônito, seguida dum arrebento de alívio. Pela primeira vez, em toda a sua vida, ele pensou com onírico espanto, as palavras não são irônicas. Ficou confuso quando a música terminou, encarando os rostos daqueles homens galeses, sem saber ao certo se deveria amaldiçoá-los ou retribuir seus sorrisos gentis. Logo o regente estava diante dele e o Sr. Catti disse:

— Até que você não é um cantor dos piores, Sr. Parker. Ele agora é dos nossos, Sr. Marean?

— Vontade não falta, caso ele ficasse em Gales eu não ia descansar até fazê-lo entrar pro clube — disse o Sr. Marean.

— O que você acha disso, Sr. Parker?

Porém o Sr. Parker não conseguia responder. Segurava a lanterna do Sr. Catti como se fosse um porrete e tinha esperanças de que seu olho roxo contivesse as lágrimas.

UMA NEVASCA DE
PROPORÇÕES INTEMPESTIVAS *

Durante toda a manhã ficou obcecado por Jack Johnson. Isso era irritante, não havia nenhuma razão lógica para isso. Ele era jovem demais para ter visto Jack Johnson lutar, e ninguém tinha mencionado esse nome durante a viagem. Além disso, devia era estar pensando em como diria a Joan que tudo aquilo era um sonho impossível. Mas como ele poderia dizer tal coisa a ela, quando, toda vez que ele tentava pensar, Jack Johnson invadia suas ideias como um trovão distante anunciando uma tempestade?

Ficou no balcão do bar, macambúzio, meio que pasmado, olhando para as fileiras de garrafas coloridas alinhadas nas prateleiras. Já era o meio da tarde, o bar estava vazio; até o atendente tinha desaparecido. Bom, logo ia dar a

---

* Originalmente publicado em The New Guard, 2011.

hora de atravessar a rua até o Clube da Cruz Vermelha para encontrá-la. Olhando de soslaio para as mesas vazias e pro relógio na parede, ele sacava onde alguém tinha deixado os dardos espetados no coração sangrando do alvo. Suas próprias pegadas apareciam úmidas no piso liso, enquanto ele olhava para fora, vendo chover. Do nada se sentiu solitário e desejou que os soldados que haviam saído quando ele entrou tivessem ficado.

Lá em casa, ele meditou, ia ter alguém com quem conversar. Ia ter um *jukebox* com luzes coloridas dentro e, com um só níquel, você ia, por si só, poder pirar na música. Pode até ser que houvesse um bocado de bebuns circulando. Ou só alguns rapazes que foram para tomar umas. Talvez eles ficassem bem do seu lado, discutindo, falando de política ou apenas mandando os brancos pro cacete. Ia ter uns janelões voltados para rua, não dessas janelas pequenininhas, de onde você conseguia ver as minas negras, bem aquelas que te criam problemas diferenciados, passeando na maciota, suingando as ancas. Se pá, uma delas te olhava, e sorria, e até piscava para você, só para ver o circo pegar fogo...

Ele deu uma parada, com seu copo no meio do ar, achando que ouviu o ribombo distante de um trovão. O clima não parece favorável a bombardeios, pensou. Portanto, não podem ser os canhões em Cardiff disparando. Então, pela janela encharcada de chuva, viu enormes caminhões de transporte passando a toda, com as capas de lona esvoaçando descontroladamente. Tomou um gole da cerveja. Para ele, a guerra já era uma história antiga, e a ideia de um ataque nem mexia com ele. Mas pensar em casa o fez se sentir melhor, daí tentou recobrar seu humor.

Nos bares você só conhece bicho solto, ele pensou:

Pugilistas azarões, punguistas,
cafetões, putanheiros,
um-sete-um, só golpistas,
chincheiros,
os malandros fim-de-noite.

Naquele dia, entrei no Smalls sem dar atenção para ninguém, fiz meu pedido, e ao meu lado estava o velho Jack Johnson. Era um homem grande, com dente de ouro e boina, que parecia mesmo um figurão, antes mesmo de você saber o nome dele. E agora havia um homem, apesar de todas aquelas mulheres. Ele não era exaltado por elas, não como faziam com Joe, mas o que eu gosto mesmo é que ele ia para onde tinha vontade e fazia o que lhe dava na telha. Não interessa o que diziam. Homem que é homem faz o que tem que ser feito. O que será que ele encontrou em todos aqueles países estrangeiros? Era o que eu queria saber. Deve ter se sentido solitário. Deve ter sido bem solitário, sozinho na Espanha… Nunca mais vou navegar, eu, o único dos nossos. Os camaradas são de boa até, mas não como nos tempos do velho Jack Johnson. Os marinheiros são o bando americano de filhadaputa mais democrático e mais selvagem do mundo. Não são provincianos como os reitores de faculdade e os políticos. O sal da terra... Pena que o melhor sal vai pro mar. Sem zoeira. Mas mesmo com eles, você sente que falta alguma parada quando se é o único. Parece que um homem não é completamente si mesmo se não está perto de outros que tenham vivido o que ele viveu.

Não presta muito avançar demais por conta própria sem os seus, ao menos para maioria das paradas. Mas você tem que ir até aonde puder — apenas viaje leve. Não delicadamente, mas leve. Não é que a última se agarrou no velho Jack? O que ele tem, caralho? A fama já era, do prestígio ninguém lembra. Que ele tem? Joan faria? O velho Jack Johnson tinha um lance que Joe Louis não tinha. Eu tenho? Um cão sob a pele de Joe. Todo acorrentado por dentro. No ringue, Joe é uma explosão controlada. Contendo a si mesmo. Joe, quando luta, é como uma máquina; Jack era como uma dança. Aqueles filmes silenciosos. Ó heróis humildes! O velho Jack buscava a vida. Não temia ser chamado de idiota. Definia seu mundo conquistado... seu mundo adequado... Mundo privado! Ele enfrentou a todos, noite e dia. Lutou com seus punhos, lutou com seu sorriso, lutou com seu carro superpotente. Um homem com, mas ainda um homem. E quem nunca? Quem? "Mate aquilo que ama!" O velho Jack até lutou com um boi brabo na Espanha. Embora tenha-o amansado, pro boi brabo ele estava só fugindo, ele atentava o boi brabo. "Branquelinho, o próximo soco vai ricochetear no seu queixo e acertar toda sua gentalha em casa". O baita boi brabo aos urros de "Mata o macaco!"... Nem me deixavam lutar contra o boi brabo também. Agora, ele é forte. Toro Franco, Toro Adolph. O velho Boi Brabo até sai de cena, muda, porém boi brabo é boi brabo. Será que Joan entenderia isso?

Ele olhou pro relógio, tentando em vão deter o fluxo do monólogo dentro de si. E daí que o velho Jack escolheu? Tem uma hora em que o homem faz uma escolha, quando tudo desaba para cima dele e ele não tem mais como seguir. Além disso, deturparam a coisa toda. Eles levaram o velho até o limite. Até é verdade que ele repousava sob o sol cubano, mas seu coração estava coberto de gelo. Não protegia os olhos do sol, contudo torcia o nariz pro mundo... Os brancos chamam isso de angústia. "Consciência absoluta da limitação mais extrema do possível." Definia o mundo em seus próprios termos. Ao velho Jack Johnson, à sua saúde com esta cerveja amarga, pensou, esvaziando o copo. Ao velho Jack Johnson, sim! Um homem de compromisso. Um homem enfurecido! Um homem em fúria!

Ficou observando a chuva, que agora caía mais pesada, enquanto seus olhos se encheram de lágrimas e embaçaram, até que, além das vidraças das janelas, parecia que o céu tinha se despedaçado. Bom, ele tinha que ir então. Estava na hora, ela estaria lhe esperando. Ao sair, se surpreendeu ao parar, de repente, para pisar devagarinho nas marcas de areia que seus próprios pés tinham feito ao entrar.

No Clube da Cruz Vermelha, sentou-se e ficou contemplando as brasas brilhantes da lareira. O clube estava quente e aconchegante. Exceto por um soldado roncando no saguão, o salão estava vazio. Alguém tinha diminuído o volume do rádio e era possível ouvir a música baixinho. Era uma melodia calorosa, criando um clima amigável e nostálgico. Ainda assim, quando se acomodava na cadeira, ainda sentia frio. Frio em cada canto; frio que parecia percorrer-lhe do cóccix à medula. Suspirou, esperando. Então, um leve tilintar prateado deslizou até ele, vindo da cozinha, e quando se virou, lá estava, vindo pela porta, Joan.

— Querido! — ela disse.

— Olá — ele disse. O tom musical de sua voz ressoou em seus ouvidos, ele sentiu uma picada, embora sorrisse.

— Você está esperando há muito tempo? — ela disse.

— Não muito. Não tanto quanto, em breve, vou ter que esperar.

Ele viu uma ligeira preocupação em seu rosto enquanto ela se aproximava e se postava diante do fogo, o avental de auxiliar de cozinha ajustado suavemente em seus quadris arredondados, fazia uma cena agradável.

— Você vai embora em breve? — ela disse.

— Nunca se sabe o dia. Você só sabe que vai partir quando te dizem. Daí, você vai. — ele disse.

— Você não pode ficar comigo, só uma vez? — ela disse, segurando os braços da cadeira, inclinando-se pra que ele sentisse a fragrância fresca do seu corpo. — Deixar o navio partir sem você? Ou, sei lá, vamos nos casar, hoje, agora!

Acima das formas suaves de seus seios, viu como o brilho das contas azuis aprofundava o azul de seus olhos. Agora ela sorria. Como poderia dizer-lhe?

— Queria muito. Ah, como eu queria. Você sabe disso.

— Então faça — ela disse, com a voz falhando, embargada.

Não conseguia responder. Pois, enquanto ela olhava pro seu rosto, ele sabia que nunca o entenderia. E conforme se tornava consciente do relógio dela tiquetaqueando no silêncio, via Jack Johnson como em um sonho conturbado, esticado em toda sua extensão sobre a tela de sua mente, suas mãos enluvadas protegendo seus olhos de um sol amargo...

— Essa guerra, eu odeio essa guerra — ela disse.

— Mas esta é a razão de eu estar aqui, meu dengo.

— Não — retrucou, raivosamente. — Você teria vindo até mim de qualquer jeito. Eu odeio isso. Como eu odeio isso e... Ah, querido, agora... agora eu tô com ódio que você tenha vindo!

Ele a observou em silêncio. Já estava envenenando as coisas, fazendo-a infeliz. Ela já estava entre a cruz e a caldeirinha. Cinco anos de bombardeios não foram o bastante para prepará-la para a guerra que seria a vida deles...

— Mas eu — ele disse, cobrindo com as mãos o seu rosto negro —, eu não comecei essa guerra.

— Mas você é responsável por como eu me sinto — ela disse. — Por que você resolveu falar comigo aquele dia?

— Não seja infantil, Joan — ele disse, extenuado. — Vai lavar o rosto e vamos aproveitar o que a gente puder, juntos, enquanto ainda há tempo. E, meu dengo, vamos fazer isso sem lágrimas.

Ela olhou para ele, emudecida, de fato como uma criança com lágrimas no rosto. Então ele sentiu a cabeça dela encostar em seu ombro e os movimentos suaves de seu corpo enquanto soluçava.

— É seguir, meu dengo — ele disse. — É a vida que a gente tem juntos.

— Sempre acenos de chegada e despedida, é assim que é — ela disse sem esperanças. — Mas quando é que vamos ter uma vida? Quero uma casa bacana, mesmo que seja por pouco tempo. Não uma mansão, mas uma casa legal. Numa montanha, onde a cerração desce no inverno. Uma lareira, com uma grade de bronze, onde as crianças possam brincar e estudar. Onde você possa falar da América... Ou — ela disse com um arrepio repentino — poderia até ser uma casa nos Estados Unidos. Uma casinha em Ohio...

Ele viu as covinhas surgirem em seu rosto enquanto ela sonhava em voz alta, viu o suave brilho de seus dentes na luz do fogo. Na sua cabeça, viu a longa extensão das montanhas galesas cobertas com urzes, os tons de marrom e verde do campo, como tecidos finos sob o sol, ocultado pelas nuvens. A vida teria sido ótima com ela.

Percebeu, abruptamente, que amava este país, assim como tinha aprendido a amar Ohio naquele ano em que passou longe; estranho que se lembrasse logo daquele ano. Foi o ano em que perdeu sua mãe e teve de caçar para se manter vivo. Era um país maravilhoso, ele pensou, embora associado a uma perda irreparável, assim como esta terra seria se ele nunca mais voltasse.

Ela se mexeu, aquecida nele, agora encarando o fogo, belo como o brilho do fogo nos cabelos dourados. E ela o observou com uma angústia profunda e entorpecente. Pois, apesar de sua vontade, ela estava se entrelaçando a toda velocidade com tudo de mais delicado e doloroso dentro dele, com coisas enterradas; fundiu-se com a sua imagem mais trágica da vida, encerrada no seu símbolo mais precioso da morte.

Entrelaçada, ela se tornou, do mesmo modo como naquele ano ele caçava codornizes e faisões para viver o inverno de Teruel. Recordou como as colinas cobertas de neve brilhavam ao sol na manhã que sua mãe morreu e a nova consciência nascida com a morte dela. *Ao estrondo dos canhões, pássaros aos pares arribaram ao longo da colina, caindo em círculos, pra dentro do matagal do outro lado. Desceu num vale cheio de neve macia, com o último brilho enfraquecido do pôr do sol, encontrando o faisão morto na neve, sua plumagem intacta, o vapor subindo lentamente, feito um fantasma, do sangue que afundava. Ali ele chorou, ali, no branco solitário da neve, e então sentiu-se aliviado. Ele assustou os cardeais, fazendo-os voar entre e dentro das linhas vermelhas das balas traçantes. A neve se infiltrava pelos coturnos, dando calafrios.* Havia maçãs, vermelho-escuro, sobre galhos pretos, aparentemente hirtos e cauterizados, de encontro ao céu após meses de gelo e neve, e as maçãs ainda tenras e de sabor doce, apesar de tudo aquilo... Isso foi durante o começo da guerra, o primeiro episódio. Um momento trágico num ano patético, embora muitos não tivessem acreditado àquela época. Não mais do que acreditariam que amar um país era amar todos eles. Também não compreenderiam que amar esta terra era amar ainda mais profundamente a terra que causava sofrimento. Mas era isso, então... Então cá estava Joan, como as coisas, as coisas pacíficas que se ama, dispensáveis. E isso você não conseguiria dizer a ela.

Falou no ouvidinho dela, suavemente:

— Acho que você precisa voltar pro trabalho.

— Sim, preciso sim — ela disse, cansada. — Cada qual cumpre o seu dever.

— Não vai demorar muito — ele disse. — Acho até que esta noite vai ter lua.

— Sem lua hoje, a previsão é de tempestade — ela disse. — Parece que vai ter neve. A primeira tempestade em Gales nesta estação. No mais, se tivesse lua, ia ser propício pra mais bombardeios.

— Ai, Joan — ele disse. — Eu vou voltar.

— Mas quando?

— Sempre... Faça chuva, faça sol, com neve, com... sempre, sempre...

UMA NEVASCA DE PROPORÇÕES INTEMPESTIVAS

— Sim, ainda assim, mesmo com o que há lá fora, você vai voltar — ela chorou, abraçando-o desesperadamente.

— Porque eu te amo. Meu ianque... Ai, meu ianque, vou te dar um chá bem docinho!

Ela saiu às pressas. Enquanto ele aguardava, vigiava o brilho do fogo morrendo e pensava na viagem pro oeste. Amanhã ele ia zarpar para casa. Semanas de mares frios e agitados. Uma travessia gelada, o que teria. E em casa haveria neve. Ele teve calafrios ao ouvir o crepitar silencioso das brasas. Uma tempestade de neve, que poderia tomar proporções de nevasca, conforme avisou o jornal do Exército, estava varrendo os estados do Meio-Oeste. A neve já cobria os montes de Ohio, já polvilhava a lápide de sua mãe, trincava riachos e rios congelados, onde codornizes deixavam rastros no crepúsculo que caía rapidamente. A neve varria os montes e espalhava a sarça, balançava a aridez das folhas vermelho-sangue que pendiam como bandagens presas nos graveteiros em voo — uma nevasca interminável por todo o branco mundo feito de casas em neve. Neve varrendo, neve caindo, neve desabando. Neves nos montes e em lugares distantes. Neve com proporções de nevasca intempestiva. Cobrindo tudo.

VOANDO PARA CASA[*]

Quando Todd voltou a si, viu dois rostos em cima dele, suspensos sob um sol tão quente e ofuscante que ele mal conseguia distinguir se eram brancos ou pretos. Ele se mexeu, sentindo uma dor corrosiva, como se todo o seu corpo tivesse sido exposto à radiação solar, penetrando em seus olhos. Por um momento sobreveio-lhe o velho medo de ser tocado por mãos brancas apanhando-o. Então, a dor aguda começou a lentamente clarear sua mente. Sons difusos chegavam a ele. *Despertou. Quem são eles?*, pensava. *Num é que ele num é, jurava de pé junto que era um branco.* Então ouviu com clareza:

— Tá muito ruim aí?

Respirou aliviado. Soava como um negro.

---

[*] Originalmente publicado em *Cross Section*, 1944.

— Ele ainda tá desacordado — foi o que ouviu.

— Dá um tempo pr'ele... Diz pra mim, filhão, machucou muito?

Será que tava? Havia aquela dor medonha. Manteve-se impassível ouvindo a respiração dos dois, tentando juntar as pontas entre a presença deles e o fato de estar estirado no chão com uma dor excruciante. Vigiava-os cautelosamente, sua mente voava longe dando voltas e voltas acerca daquela dor lancinante. Cenas entrecortadas, desdobrando-se rapidamente como num trailer de filme, sendo rebobinadas dentro de sua cabeça, em que via a si mesmo pilotando um avião dando piruetas, depois aterrissando, e em seguida ele despencava da cabine de pilotagem, de onde finalmente tentou se levantar. Então, diante dum silêncio sepulcral, se lembrou do som dos ossos se quebrando, e agora, defronte às caras angustiadas de um velho homem negro e de um rapaz da mesma área onde ele estava tombado, a memória o nauseava e não tinha mais necessidade de lembrar.

— Como cê tá, filhão?

Todd hesitou, como se responder fosse confissão de uma fraqueza inaceitável. Então ele disse:

— É meu tornozelo.

— Qual?

— O esquerdo.

Com uma certa sensação de debilidade, observava o velho se curvar e tirar sua bota, sentindo a pressão diminuir.

— Tá milhor?

— Um bocado. Agradecido.

Teve a impressão de estar numa conversa com uma outra pessoa, que sua preocupação era com alguma coisa muito mais importante, algo cuja razão lhe escapava.

— Cê quebrou feio. A gente tem que te levar prum médico.

Sentiu que tinha sido jogado numa espiral. Olhou pro relógio; há quanto tempo estava ali? Sabia que tinha uma coisa mais importante que tudo nesse mundo: levar o avião de volta à base, antes que seus oficiais ficassem aborrecidos.

— Me ajuda aqui. Me leva pro avião — ele disse.

— Mas quebrou um tantão...

— Me dá uma mão!

— Mas, meu filho...

Engatado nos braços daquele homem velho, ergueu-se, deixando pendente a perna esquerda e refletiu: não tinha como fazê-lo entender, enquanto sua própria face, lisa feito couro, ficava paralela à dele.

— Agora, deixa eu dar uma olhada.

Afastou aquele velho homem para trás, ouvindo o insistente pio estrídulo de pássaros. Tonto, cambaleou. Todo um negrume inundou-o, feito o infinito.

— Senta aí, é milhor.

— Não, tá tudo bem.

— Ô, meu filho. Só vai fazer ficar mais pior...

Era um fato que tudo nele berrava para negar, até mesmo contra a dor ardente em seu tornozelo. Teria tentado tudo outra vez.

209

— Se cê fica nessa mexeção com o tornozelo eles vão rancar teu pé — escutou.

Prendendo a respiração, começou a subir de novo. A dor era tão sinistra que teve de morder os lábios para não gritar, tanto que precisou deixar que o ajudassem a descer com uma pontada de agonia.

— Milhor cê ficar de boa aí. A gente vai chamar um doutor procê.

Se der sorte, ele cogitou. Se der azar, azar o meu, fui eu que fiz. Os gases do combustível de alta octanagem se impregnavam pelo ar inflamável, atiçando ele.

— A gente pode levar ele na cidade, lá no velho Ned — disse o menino.

Ned? Virou-se e viu o menino apontar para uma manada de bois que pastava onde o talho da lâmina de arado marcava a fundura dos sulcos. Imaginava a si mesmo montando um boi pela cidade, passeando por ruas lotadas de rostos brancos, pelas pistas de concreto da base aérea, criando em sua mente imagens fugazes de humilhação. Com um aperto no peito, lembrou-se da última carta de sua namorada. Ela havia escrito: "Todd, não preciso dos documentos para me dizer que você tem inteligência o bastante para pilotar. E sempre soube que você é tão corajoso quanto qualquer um. Os documentos me aporrinham. Você não precisa provar, o tempo todo, repetidas vezes, o quanto é corajoso ou habilidoso, só porque você é negro. Todd. Acho que eles ficam nesse chove não molha só porque não querem dizer o motivo de vocês, os rapazes, ainda não estarem em combate. Estou, definitivamente, desapontada, Todd. Qualquer pessoa que tenha miolos pode aprender a pilotar, mas e depois, vem o quê? Qual a utilidade disso, isso presta para quem? Queria que você me escrevesse falando sobre isso, meu dengo. Tem hora que eu acho que estão pregando uma peça na gente. E é muito humilhante...". Ele enxugou o suor frio em sua face, pensando, O que é que ela sabe sobre humilhação? Nunca nem esteve no Sul. *Agora* é que vinha a humilhação. Quando você precisa que eles te avaliem, sabendo que nunca aceitariam seus erros, como aceitam os erros de si mesmos, embora ainda os usem contra toda a sua raça, isso sim era humilhação. Sim, é humilhação quando você nunca pode, simplesmente, ser você mesmo; principalmente quando você sempre foi gente como esse velho homem negro e ignorante. Óbvio, tá tudo certo com ele. Legal, gentil, prestativo. Mas ele não é você. Pois bem, há ao menos uma humilhação da qual posso me poupar.

— Não — ele disse. — Tenho ordens pra não deixar a aeronave...

— Ó — disse o velho. Virando-se pro rapaz: — Teddy, então é bom cê ir num pé e voltar no outro trazendo o sêo Graves...

— Não, pera! — advertiu, ainda meio grogue. Graves podia ser branco. — Só peça a ele, por favor, que envie uma mensagem pra base. Eles vão cuidar do resto.

Ele viu o garoto, a toda, dando no pé.

— É muito longe daqui pra onde ele vai?

— Uns dois quilômetro, marromeno.

Recostou-se, olhando pro seu relógio todo empoeirado. Nesse momento eles já sabem que aconteceu alguma coisa, imaginou. Na aeronave tinha um rádio em perfeito funcionamento, mas era inútil. Esse velho nunca ia saber como operá-lo. Aquele urubu me fez andar cem anos para trás, ele pensou. A ironia dançava dentro dele como as muriçocas rodeando a cabeça do velho. Apesar de tudo que eu tinha aprendido, cá estou dependendo do senso de espaço e tempo desse "matuto". Sua perna latejava. No avião, em vez de o tempo ser medido pela frequência da dor e do ritmo das pernas dum moleque, os instrumentos o teriam informado tudo num piscar de olhos. Contorcendo-se, apoiado sobre os cotovelos, viu onde a poeira tinha sido pulverizada na fuselagem do avião, sentindo aquele nó na garganta, o mesmo que sempre aparecia quando pensava em voar. Naquele estado, agora aquilo rasteja; então se imaginou como uma barata que abandona a casca. Estou nu sem ela. Não é só uma máquina, é como vestir um traje, um terno. Com espanto, e um constrangimento repentino, sussurrou: "É a única dignidade que tenho."

Notou o velho observando; o macacão todo esfarrapado grudado nele por causa do calor. Sentiu uma necessidade cortante de dizer ao velho o que sentia. Mas aquilo não fazia o menor sentido. Se eu tentasse explicar porque preciso voar de volta, pensaria que eu simplesmente estava com medo dos oficiais brancos. Mas era bem mais que medo... Uma sensação de angústia agarrou-se nele, tal como o véu de suor que recobria seu rosto. Ficou de olho no velho, ouvindo-o murmurar trechos duma música enquanto admirava o avião. Reconheceu uma furtiva sensação de ressentimento. Esses velhos, com aquele olhar acriançado, sempre vinham à pista para observar os pilotos. No começo, isso deixava-o orgulhoso; eles faziam parte significativa duma nova experiência. Mas logo se percebeu que não compreendiam suas proezas e apareciam só para fazê-lo passar vergonha e embaraço, como o elogio desagradável vindo de um imbecil. Uma parte do significado de voar se perdeu naquele momento, e ele não foi capaz de recuperá-la. Se eu fosse um lutador profissional, seria mais humano, foi o que ele pensou. Não um macaco de circo fazendo gracinhas, mas um homem. Estavam plenamente satisfeitos por ele ser um negro que sabia pilotar, e isso não era o bastante. Sentia-se separado deles pela idade, pela ciência, pela sensibilidade, pela tecnologia e pela necessidade de medir a si mesmo pelo reflexo da apreciação dos outros homens. De algum modo se sentia traído, como quando, ainda bem criança, descobriu que seu pai estava morto. Agora, para ele, qualquer apreço real cabia a seus oficiais brancos; e com eles nunca se tinha muita certeza. Entre homens negros ignorantes e brancos condescendentes, seu plano de voo parecia traçado pela natureza das coisas, afastado de todos os marcos necessários e naturais. Sob contratos firmados, formulados com cláusulas cada vez mais técnicas e misteriosas, seu caminho desviou-se rapidamente da vergonha que o velho representava e do terreno nebuloso da consideração de gente branca. Voando às cegas, sabia apenas o ponto de pouso e lá seria recebido pelo esquadrão. Depois disso, sua destreza seria reconhecida pelos inimigos, o que nele assumia um significado mais profundo, refletiu com tristeza, que não vem nem daqueles que são condescendentes, tampouco daqueles que o aplaudem sem entender, mas do inimigo que abraçaria sua valentia e destreza nos termos do ódio...

Suspirou, vendo a boiada fazendo estranhezas, como vultos pré-históricos contrastados àquela terra vermelha e seca.

— Calma aí, filhão, fica de boa — tranquilizou o velho homem. — O moleque não demora muito, não. Aquele um, doido cumé por aviões.

— Fico no aguardo — ele disse.

— Cê chama tipo como esse avião daí?

— Treinamento Avançado — ele disse, só vendo o velho sorrir. Seus dedos, contrastados ao metal das aletas do avião, eram como madeira escura e rugosa.

— E quanto essa belezinha faz?

— Por baixo, mais de uns duzentos por hora.

— Eitalelê! Isso é tão rápido que, se der mole, nem parece que cê tá se movendo!

Mantendo-se firme, Todd desabotoou seu uniforme. A sombra tinha desaparecido e era como se estivesse num leito de labaredas.

— Cê liga se eu der uma olhada lá dentro? Sempre tive curiosidade de ver...

— Vai lá. Só não mexe em nada.

Ouviu-o subir na asa de metal, grunhindo. Agora ia começar a perguntação. Bom, ao menos você não tinha que pensar muito para responder...

Viu o velho olhando dentro da cabine, seus olhos brilhavam como os de uma criança.

— Cê deve ter que saber um monte de coisa pra trabalhar com essas coisas tudo aqui.

Todd ficou quieto, vendo-o descer e ajoelhar-se ao seu lado.

— Aí, filhão, por que cê quer voar lá em cima pelos ares?

Porque é a coisa mais importante no mundo... porque faz com que eu não fique tão parecido contigo, foi o que pensou.

Contudo, o que disse foi:

— Acho que é porque gosto. Que eu saiba, não há melhor maneira de lutar e de morrer.

— Ah é? Acho que cê tá certo — disse o velho. — Mas cê acha que daqui a quanto tempo eles vão deixar cês tudo ir pro combate?

Ficou tenso. Essa era a grande pergunta que todos os negros faziam, colocada com a mesma expectativa encabulada e anseio, o que gerava um buraco enorme dentro dele, maior do que aquele que sentiu ao embarcar no avião na primeira vez que voou. Teve tonturas. Subitamente se deu conta de que algo naquela conversa ganhava contornos de ameaça, que tinha entrado numa rota de voo contra sua vontade, para dentro de zonas ignotas e arriscadas. Se ao menos pudesse ser grosseiro e falar para esse velho, que só estava tentando ajudar, que calasse a boca!

Aposto um lance contigo...

— Oi?

— Cê tava morrendo de medo caindo.

Nem respondeu. Feito um cão farejando o caminho, o velho parecia sentir o fedor de seus medos, então sentiu a raiva borbulhar dentro dele.

— Cê assustou *eu* de montão. Quando vi cê caindo cum aquela coisa piruetando e escoiçando feito mula braba, pensei que ia dessa pra milhor. Quase tive um piripaque! — observava o riso largo do velho. — Aconteceu foi é coisa aqui nessa manhã, se olhar direitinho.

— Tipo o quê? — ele perguntou.

— Assim, logo de cara, vieram uns brancos, dois cabras procurando o sêo Rudolph, que é primo do sêo Graves. Isso já me deixou aperreado logo cedo.

— Por quê?

— Por quê? Por causa que ele fugiu do pinel, foi isso que foi. Perigava té matar um por aí — ele disse. — Essa hora já devem té de ter pegado ele. Aí vem *ocê*. Primeiro fiquei achando que era um daqueles rapazes brancos. Daí, do nada, putaquilamerda, se não era ocê memo que tava caindo. Oxe, tinha ouvido falar por aí sobre ocês, os rapazes, mas ver, ver mesmo, nem nunca tinha *visto* nenhum.

Tem nem palavra de dizer como que foi olhar alguém parecido mais eu num avião!

O velho seguia o falatório, o fluxo do som rolava pelos pensamentos de Todd como o ar correndo pela fuselagem de um avião em voo. Você foi um mané, ele pensou, lembrando-se como, antes de entrar em parafuso, o sol resplandecia fulgurante incidindo nos letreiros publicitários nos limites da cidade; lembrando-se de como um garoto empinava sua pipa azul, que havia desabrochado embaixo dele, desbicando-a num arrasto manso pelo vento, feito estranha fina-flor de armação excêntrica. Ele mesmo, alguma vez, tinha empinado pipas daquela maneira e tentava achar o garoto na ponta da linha invisível. Mas estava voando muito alto e rápido demais. Foi a pino abruptamente em júbilo. Íngreme demais, ele pensou. Uma das primeiras regras que você aprende é que, se o ângulo de empuxo for muito acentuado, o avião entra em parafuso. E então, em vez de puxar e pular fora e daí fazer o mergulho, você me vê um urubu e entra em pânico. Um urubu asqueroso!

— E aí, filhão, o que fez aquele sangue tudo no vidro?

— Um urubu — ele disse, lembrando-se como sangue e penas tinham espirrado de volta contra a escotilha. Era como se estivesse voando para dentro duma tempestade de sangue e pretume.

— Ah isso tem, boto fé! Deles tem de montão nessas bandas. É de caçar coisa morta que eles gosta. Nem come nada que tá vivo.

— Mais um cadinho e eu tinha virado almoço — Todd disse de bate-pronto.

— Acho que esse bando aí deu foi sorte, né, não? Teddy botou um nome neles, chama eles de zec'urubu — o velho caiu na gargalhada.

— É uma merda de tão bom esse nome.

— Bando de merdinha esses pássaros. Teve uma vez que vi um pangaré estrebuchado, parecia todo mazelento. Então dei grito: "Sai fora daí, sô!" Só pra dar certeza! Daí que, putaquilamerda, filhão, num foi que vi dois, dos bem vivido, zec'urubu voando baixo pras tripas do pangaré! Assim que foi, sô! O sol luzia neles tudo e tavam numa lambuza de um tanto, mas tanto, que nem se tivesse num churrasco eles ia!

Todd achou que ia vomitar; seu estômago estava revirado.

— Você inventou esse negócio — ele disse.

— Nada, sô! Vi igualzinho tô vendo ocê.

— Bom, melhor você do que eu, é um alívio.

— Cê vê de cada coisa doida aqui nessas bandas, meu filho.

— Negativo, essa vou passar e deixar só pra você.

— Falando nisso, gente branca aqui dessas bandas não gosta de ver ocês, dessa turma, andando lá no céu. Já te aporrinharam?

— Não.

— Bom, mas fariam sem piscar.

— Sempre vai ter alguém querendo encher o saco dos outros — disse Todd. — Mas como você sabe disso?

— Só sei.

— Então, tá — disse na defensiva. — Ninguém aporrinhou a gente, não.

O sangue pulsava em seus ouvidos enquanto mirava a área a esmo. Ficou tenso, vendo um ponto preto no céu, e se esforçou apenas para confirmar que não conseguia ver claramente.

— Aquilo lá te parece o quê? — disse com certa agitação.

— É só mais um dos agourento, filhão.

Então viu o movimento das asas com desapontamento. Estava planando suavemente na descida, com as asas estendidas, as penas da cauda pinçando o ar, num rasante, desaparecendo atrás do manto verde das árvores. Ali, imaginou ser como um pássaro, sobrando apenas os galhos retorcidos dos pinheiros, afiados contra o trecho lívido do céu. Deitado, respirava com dificuldade, encarava o ponto onde tinha desaparecido, capturado num feitiço de asco e admiração. Por que os fizeram tão asquerosos e, ainda assim, ensinaram-nos a voar tão bem? *Bem era assim quando eu tava no paraíso*, ele escutou, e estava só começando.

O velho deu um risinho, coçando o queixo com a barba por fazer.

— O que você disse?

— Oxe, que eu morri e fui pro céu... conto procê nesse meio-tempo, se pá, quando ver, já té te buscaram.

— Tomara — ele disse, fatigado.

— Cês da turma param pra trocar um dedo de prosa?

— Nem sempre. É o que vai rolar agora?

— Assim, de muita certeza nem dou, já que aconteceu de eu estar mortinho da silva.

O velho fez uma pausa e continuou:

— Mas nem tava de papinho com coisa dos urubus, não.

— Tranquilo.

— Cê quer de saber do paraíso?

— Por favor — respondeu, apoiando a cabeça em seu braço.

— Veje bem, fui pro céu e, de pronto, danou a brotar asa. Tinha coisa de sete palmo, desse tamanhão. Era igualzinha à dos anjo branco. Custei acreditar. Fiquei na maió satisfação, tanto que fui, eu com mais eu memo, só pra dar um treino. Causa de quê num queria pagar de otário, logo de cara na primeira vez, cê sabe de coé...

É história das antigas, Todd pensou. Contaram-lhe a muito tempo atrás. Tinha esquecido. Mas, pelo menos, não ia ter que ficar ouvindo papo sobre urubus.

Fechou os olhos e seguiu escutando.

— ... Primeira parada que eu fiz foi trepar numa nuvenzinha e dar um pulo. Magina, neguinho, se dá ruim com as asas? Primeiro testei a direita; depois, a esquerda; e mais depois ainda, tudo junto. Daí, nossa senhora, danei a andar no meio das gentes. Deixei me ver e tudo...

Ficou vendo aquele homem velho gesticular, encenando um voo com os braços, sua cara cheia de marra e orgulho, enquanto mostrava uma multidão imaginária, enquanto pensava: *Isso vai acabar parando nos jornais*, então ele ouviu:

— ... daí cheguei e dei de cara com um cado de anjo negro, não era possível, nem punha crença que era anjo, té eu ver um que era preto de verdade memo, ah, aí sim! Então veio certeza, mas dissero que milhor era eu descer, causa de quê a gente que era preto tinha que ponhar um coiso especial, tipo um arreio, quando a gente fosse voar. Por isso que *eles* não tava voando. Ah é, cê tinha que ser forte de montão, memo prum homem preto, pra voar cum daqueles arreios...

Isso está tomando um outro rumo, Todd pensou. Qual é o papo dele?

— Então disse pra mim memo: eu é que não vou me aperrar com arreio, não. Ah num vou! Se Deus, por seu motivo, te deu asa, é de bom tino, bastante e tanto, não deixar que ninguém te vista obrigação que não permita o teu modo de ir voar. Então parti voar. Aí, filhão, danou-se — ele tava que era só riso, os olhos cintilando: — Cê sabe de coé, tive que amostrar pra todo mundo que o velho Jefferson sabia voar milhor que qualquer um. Voar suave feito um passarinho, ah, sabia também! Té fazia laço-laça-do em redopio, só tinha que pôr atenção na barra do meu saião branco pra não dar enrosco nos tornozelos...

Todd se sentiu desconfortável. Ele quis rir da piada, mas seu corpo recusava, como se tivesse vontade própria. Sentiu-se como quando era criança, depois de engolir uma talagada de um xarope muito doce que sua mãe havia lhe dado e que depois ela ria dos esforços dele para tirar o gosto ruim da boca.

— ... Bom — ele ouviu. — Tava indo tudo muito que bem até eu danar a acelerar. Descobri que só no abano eu conseguia fazer ventania, de tão veloz que voava. Conseguia, também, desenrolar um tanto bom de estripulia. Arranquei de voo té lá pro firmamento nas estrelas, daí mergulhava fundo e zunia de dar tanta volta ao redor da lua. Cara, eu fiz o diabo, causei de doidar tudo aqueles véio, os anjo branco. Fiz um inferno. Nem é que fizesse de querer o mal, filho. Mas que eu tava feliz, isso eu tava. Feliz memo, no fim, era saber que eu tava livre. Dei mole e, sem querer, ranquei a crista dumas estrelas, daí disseram que fiz tormento e um par de linchamento cá pras banda do condado de Macon, mas juro de pé junto, boto fé, que falação de mim era invenção desses moleques...

Ele tá me tirando, foi o que Todd, muito puto, pensou. Ele pensa que isso é piada. Fica de risinho para mim... Sua garganta estava seca. Olhou pro relógio; por que caralhos ainda não chegaram? Precisa mesmo disso, por quê? *Dia desses eu tava voando numa dessas ruas paradisíacas.* Você que se meteu nisso, Todd pensou. Assim como Jonas dentro da baleia.

— Jogava era pena pra todo lado na fuça de todo mundo. O véio São Pedro mandou chamar eu. Aí disse: "Jefferson, deixar eu dar duas palavrinhas contigo: que cê tá fazeno sem arreio de voar e como tá voano nesse gás todo?" Daí falei pra ele que tava voano sem arreio, causa de quê me atravancava tudo; mas veloz não voava, não, porque tava de uso duma asa, apenas. São Pedro falou: "Cê não tava voano cum *uma asa só*, não, tava?" "Sim, sinhô", eu disse, bolado. Então ele disse: "Pois bem, já que cê tá portando esse par de asa das boas, pode largar do arreio um tempinho. Mas, de agora em diante, nada de voar numa asa só, causa de quê cê tá voado pra caramba!"

E essa boca cheia de dente podre falando feito um condenado, Todd pensou. Por que não mandei ele ir atrás do moleque? Seu corpo todo doído sobre o chão duro; tentando mudar de posição, torceu o tornozelo e se odiou por ter gemido.

— Tá na pior?

— Eu... Eu torci — murmurou.

— Tenta não pensar muito nisso, filhão. Eu faço assim.

Mordeu seus lábios como quem, nesse combate, contra-ataca a dor com outra dor; então a voz recobrou o ritmo da ladainha. Jefferson parecia muito apegado à sua criação.

— ... Depois daquele banzé todo, fiquei de rolê apenas flutuando em câmera lenta no paraíso. Só que me deu um branco de como o povo preto costumava fazer e saí voando, dinovo, numa asa só. Dessa vez, tava só repousando meu braço véi de guerra e danei a voar tão rápido que fazia té o capeta corar. Sassinhora, eu tava tão, mas tão rápido, que me cheguei antes do véi São Pedro chamar, euzinho mesmo, dinovo. Ele disse: "Jeff, já não te falei dessa coisa de andar voado?" "Disse, sim sinhô, mas foi sem querer", falei. Olhou eu com desgosto e sacudiu a cabeça, soube ali que tava tudo acabado. Ele disse: "Jeff, você e essa sua correria são um perigo pra sociedade celestial. Se te deixo seguir voano, o céu não vai passar de balbúrdia. Jeff, cê tem que ir!" Filhão, argumento nem faltou, até implorei, mas com aquele ômi branco véio, adiantava é nada. Já foram me escorraçando direto à perla porta de saída do céu, inda me deram um paraquedas e mais um mapa do Alabama...

Todd o ouvia rindo tanto que mal conseguia falar, criando uma barreira entre ele na qual sua humilhação ardia como fogo.

— Acho que é melhor parar por aí — disse com a voz irreconhecível.

— Falta pouco — Jefferson riu. — Quando me entregaram o paraquedas, aquele véio, o São Pedro, perguntou pra mim se eu queria deixar alguma palavra dita antes de meter o pé. Eu tava tão na pior que mal conseguia olhar pra ele, especialmente com aquele bando de anjo branco ali em volta. Então alguém riu e me deixou maluco. Daí soltei o verbo: "É, né, cê me tomou as asas. E tá mandando eu sair fora. Cê manda na porra toda, né isso, tem nem o que eu possa fazer. Mas duma cê não escapa, só digo isso: enquanto eu tava aqui em riba, tem nem jeito, ninhum feladaputa voou mais que eu aqui no céu."

Quando explodiu a gargalhada, Todd sentiu uma tal humilhação, tão intensa, que só um ato de violência, ainda maior, lavaria sua alma. A gargalhada, que sacudiu aquele velho, como se botasse os bofes para fora, gerou palpitações de culpa dentro dele que, nem mesmo a intricada maquinaria do avião seria capaz de mudar, e ele ouviu a si mesmo aos berros: "Por que você tá rindo de mim desse jeito?"

Ele se odiou naquele momento, mas já tava descontrolado. Chegou a ver a boca de Jefferson se abrir num breve "Quê...?"

— Fala, porra!

Seu sangue latejava tão forte que era como se suas têmporas fossem estourar; tentou alcançar o velho e caiu, berrando:

— Há remédio pra razão de não nos deixarem, verdadeiramente, voar? Pode ser que sejamos mesmo um bando de urubus fazendo de um cavalo morto, pasto; mas podemos esperar ser águias, não podemos? *Não podemos?*

Caiu para trás, exausto, com o tornozelo latejando. A saliva era como palha em sua boca. Se tivesse forças, estrangularia esse velho. Esse palhaço, de cabelo branco e sorriso arreganhado, que o fazia se sentir como se estivesse sendo vigiado pelos oficiais brancos da base. E, no entanto, esse velho não tinha poder, tampouco prestígio; não tinha posição, tampouco maestria. Nada que pudesse livrá-lo desse sentimento horroroso. Ele olhava-o, vendo seu rosto se contorcer para expressar um turbilhão de sentimentos.

— Cê quer dizer o quê, meu filho? Que cê tá falando...?

— Sai daqui. Vai contar tuas historinhas pros brancos.

— Mas eu não falei nada disso... Eu... Eu não tava querendo ferir seus sentimentos.

— Por favor. Só sai da porra do meu caminho!

— Mas, de verdade, não quis mesmo, filho. Não quis dizer, de jeito nenhum, essas coisa, não.

Todd se tremia todo, como se estivesse com calafrios, procurando na cara de Jefferson algum traço do deboche que tinha visto ali. Mas seu rosto tombava macambúzio, extenuado e velho. Ele estava confuso. Não conseguia dizer ao certo se, alguma vez, houve uma gargalhada ali, se Jefferson riu de verdade alguma vez na vida. Viu Jefferson se aproximar para tocá-lo e se encolheu todo, questionando se algo, além da dor, que agora fazia sua visão oscilar, era real. Pode ser que tivesse imaginado aquilo tudo.

— Não deixa isso te derrubar, filhão — a voz disse pensativamente.

Ele ouviu Jefferson suspirar de consumição, como se ele sentisse mais do que pudesse dizer. Sua raiva escoou, deixando só dor.

— Desculpa — ele balbuciou.

— Cê só tá consumido de dor, é isso...

Via-o feito um borrão, sorrindo. E, por um segundo, sentiu o embaraçoso silêncio do entendimento mútuo flutuar entre eles.

— Filho, o que cê tava fazendo voando sobre essa região? Não ficou com medo deles te sentarem bala confundindo ocê com um corvo?

Todd ficou bolado. Estava rindo dele de novo? Mas antes que pudesse decidir, estremeceu de dor e uma fração de si deitava-se calmamente por trás do véu de dor que havia tombado entre eles, levando-o de volta à primeira vez que viu um avião. Era como se uma série interminável de hangares tivesse sido entreaberta, chacoalhando a base aérea de sua memória, e de cada um deles, como um marimbondo saído da colmeia, levantava a memória de um avião.

A primeira vez que vi um avião, eu era muito pequeno e aviões eram novidades no mundo. Eu tinha quatro anos e meio, o único avião que já tinha visto era um modelo suspenso no teto da exposição de automóveis da feira estadual. Mas eu nem sabia que era só um modelo. Eu não sabia o quão grande era um avião de verdade, nem o quão caro. Pra mim era um brinquedo fascinante, com tudo que tem direito, no que minha mãe me dizia que pra ter um, só se eu fosse um garotinho branco e rico. Fiquei estupefato de admiração, com a cabeça inclinada pra trás, enquanto observava o pequeno avião cinza traçando arcos acima dos automóveis reluzentes. Jurei que, rico ou pobre, um dia eu ia ter um brinquedo daqueles. Minha mãe teve que me arrastar pra fora da exposição, e nem mesmo o carrossel, a roda gigante ou os cavalos de corrida conseguiram prender minha atenção pelo resto da feira. Eu estava muito ocupado imitando o pequeno zunido do avião com a boca e fingindo, com minhas mãos, o movimento rápido e circular que aquilo fazia durante o voo.

Depois disso, não usei mais os pedaços de madeira que ficavam no quintal pra construir carros e carroças... Agora eram usados pra fazer aviões. Construí biplanos, usando pedaços de tábua pras asas, uma caixinha pra fuselagem, outro pedaço de pau pro manche. A viagem à feira tinha trazido um fato novo pra dentro do meu mundinho. Eu perguntava à minha mãe, sem parar, quando a feira ia voltar. Deitava no mato e observava o céu, e cada pássaro que voava tornava-se um avião planando. Eu passaria um ano de boa só pra poder ver um avião outra vez. Virei uma praga pra todo mundo com minhas perguntas sobre aviões. Mas os aviões também eram novidades pros meus mais velhos, então não tinham muito o que me dizer. Só meu tio tinha algumas respostas. E, melhor ainda, ele conseguia esculpir hélices com pedaços de pau que giravam a toda no vento, oscilando barulhentamente sobre os parafusos lubrificados.

Eu queria um avião mais do que tudo; mais do que queria um carrinho de mão vermelho com rodas de borracha. Mais do que um trem que corria sobre os trilhos com seus vagões. Perguntava pra minha mãe toda hora sem parar:

— Mãinha?

— O que cê quer, menino? — ela dizia.

— Mãinha, cê vai ficar brava se eu perguntar? — eu dizia.

— O que cê quer, agora? Num tenho tempo de ficar respondendo esse monte de pergunta besta, não. O que cê quer?

— Mãinha, quando cê vai me dar um...? — eu perguntei.

— Dar um o quê? — ela respondia.

— Ah, mãinha, cê sabe; o que eu tenho pedido procê...

— Moleque, se cê não quiser tomar uns tapa, melhor vir aqui e falar logo; vai, desembucha, que eu tenho mais o que fazer.

— Oxe, mãinha, cê sabe...

— O que eu acabei de te falar?

— Quando a senhora acha que vai poder comprar um avião pra mim?

— AVIÃO! Moleque, cê endoidou? Quantas vezes eu já te disse pra parar com essa pamonhice? Já te falei que essas coisas custam muito caro. Mais uma hora disso, boto fé que vou te pegar de chinelada até o dia virar noite, se não parar de me aporrinhar com esses trecos.

Mas não adiantava nada, passavam uns dias e lá tava eu de novo tentando.

Então, um dia, algo estranho aconteceu. Era primavera e, por algum motivo, eu estava com calor e mal-humorado a manhã toda. Era uma bela primavera. Eu podia sentir isso quando brincava descalço no quintal. Florações pendiam de acácias-bastardas feito cachos de uvas brancas perfumadas. Borboletas bruxuleavam à luz do sol sobre o mato, novo e curto, úmido de orvalho. Entrei em casa pra pegar um pão com manteiga e, ao sair, ouvi um zumbido constante e desconhecido. Era diferente de tudo que tinha ouvido na vida. Tentei saber de onde vinha o som. Não deu em nada. Era a mesma sensação que eu tinha quando procurava o relógio do meu pai, ouvindo o tique-taque sem encontrá-lo pelo quarto. Fez eu me sentir como se tivesse esquecido de fazer alguma tarefa que minha mãe mandou... Daí eu encontrei, acima da minha cabeça. No céu, voando baixinho, mais ou menos a uns cem metros de distância, lá estava: um avião! Se vinha tão devagarinho que mal parecia se mover. Fiquei de boca aberta; meu pão com manteiga despencou no chão sujo. Queria sair pulando de alegria. Então uma ideia me pegou de cheio, tremi de excitação: o avião dum garotinho branco voou e tudo que tenho de fazer é esticar as mãos e ele vai ser meu! Era um aviãozinho como aquele da feira, voando não muito mais alto que as beiradas do nosso telhado. Ao ver ele cada vez mais perto, sentia que o mundo todo ficava mais quentinho cheio de esperança. Abri o gradil, subi por cima dele e fiquei ali, grudado, só esperando. Eu ia catar o avião quando chegasse mais perto, daí ia baixar ele rapidão e ia meter o pé pra dentro de casa, antes que alguém me visse. Ninguém ia poder pegar o avião de volta, então. Daí, quando ele pairou feito uma cruz prateada no azul, bem em cima de mim, levantei minha mão e agarrei. Foi igualzinho meter o dedo numa bolha de sabão. O avião voou, como se eu tivesse assoprado ele. Me estiquei tudo de novo, desvairadamente, tentando pegar pelo rabo. Meus dedos agarraram ar e o desapontamento apertou bem forte minha garganta, subindo um azedo. Por último tentei agarrar no desespero, me jogando pra frente. Meus dedos se soltaram do gradil. Fui caindo. O chão se chocou com força contra mim. Bati na terra com os calcanhares e, quando recobrei o fôlego, fiquei deitado ali e abri o berreiro.

Minha mãe entrou correndo pela porta.

— Que tá acontecendo, minino? Que diabos tá errado c'ocê?

— Foi embora! Sumiu!

— Que foi embora?

— O avião...

— Avião?

— Sim, sinhora, igualzinho ao que tinha na feira... eu... eu tentei pegar ele e cuntinuô ino embora...

— Quando foi isso, garoto?

230

— Agorinha memo — gritava em meio às lágrimas.

— Foi pra onde, moleque, pra que lado?

— Foi pa lá, bem pa lá...

Ela vasculhou o céu, com a mão nas cadeiras e seu avental xadrez balançando ao vento, enquanto eu apontava pro avião desaparecendo. Finalmente, ela olhou pra mim, balançando lentamente a cabeça.

— Foi embora! Sumiu! — eu gritava.

— Cê é besta, moleque? — ela disse. — Cê num sabe que tem avião de verdade que, invés, um daqueles é de mentira?

— Sério...? — parei de chorar. — De verdade?

— É, de verdade. Cê num sabe que esse treco que tá tentando pegar é maior que um carro? E taí cê tentando pegar o troço, aposto que tá voando coisa de uns 300 mil metros mais alto que esse telhado — ela ficou desgostosa comigo. — Entra logo pra dentro de casa, antes que alguém mais veja o que um pamonha feito ocê resolveu de tá fazendo. Deve tá achando que esses seus bracinhos são bem dos compridos.

Fui carregado pra dentro de casa, tirei a roupa e chamaram o médico. Chorei de amargura; tanto pelo desapontamento em descobrir que o avião partia pra tão longe do meu alcance, quanto pela dor.

Quando o médico chegou, ouvi minha mãe contar pra ele a respeito do avião e perguntar se tinha alguma coisa errada com minha cabeça. Ele explicou que eu tinha ficado com febre por várias horas. Fiquei de cama por sete dias e, constantemente, via o avião em meu sono, voando apenas ao alcance das pontas dos meus dedos, navegando tão lentamente que mal parecia se mover. E a cada vez que tentava agarrá-lo, falhava; dentro dos meus sonhos, em cada um deles, escutava minha avó avisar:

Jovenzinho, jovenzinho
Seu braço é muito curtinho
pra lutar boxe com Deus

— Ei, filho!

Num primeiro instante ficou meio que sem saber onde estava e olhou para onde o velho apontava, com seus olhos embaçados.

— Num é um daqueles aviões que veio buscar ocê?

À medida que sua visão clareava, viu uma pequena forma preta, sobre um campo distante, pairando no ar em meio às ondas de calor. Contudo não conseguia ter certeza e, com aquela dor, temia que, de alguma forma, uma terrível fantasia recorrente, a de ser partido ao meio pelas lâminas giratórias de uma hélice, tivesse se tornado verdade.

— Cê acha que tá vendo a gente? — escutou.

— Vendo? Tomara que sim.

— E lá vem ele, feito um morcego dos diabo!

Com algum esforço, ouviu o som fraco de um motor e esperou que tudo acabasse logo.

— Como cê tá se sentindo?

— Num pesadelo — ele disse.

— Ih, rapaz, ele fez a curva de volta lá pro outro lado!

— Pode ser que tenha nos visto — ele disse. — Talvez tenha ido buscar a ambulância e a equipe de terra — e, pensou tomado de algum desespero, talvez nem tenha visto a gente.

— Para onde você mandou o garoto?

— Mandei ir lá no senhor Graves — Jefferson disse.

— O ômi é dono dessas terras.

— Você acha que ele ligou?

Jefferson olhou-o rapidamente.

— Ah ligô. Dabney Graves né bem falado, não; por causa duns assassinato, mas ligar, ligou sim, tem nem jeito...

— Como assim, assassinatos?

— Aqueles cinco camaradinha... Cê num ouviu, não? — perguntou com surpresa.

— Não.

— Todo mundo sabe do Dabney Graves, especialmente os negros. Ele já assassinou um bocado da gente.

Todd teve a sensação de estar preso em um bairro branco após o anoitecer.

— O que eles fizeram? — ele perguntou.

— Acharam que era gente — Jefferson disse. — Ele devia té grana pra uns, como ele deve mais eu...

— Mas por que você fica aqui?

— Cê é preto, filhão.

— Eu sei, mas...

— Cê tem que lidar com gente branca, tem nem jeito.

Virou-se, evitando olhar nos olhos de Jefferson, ao mesmo tempo consolado e acusado. E lá vou eu ter que lidar com eles em breve, pensou com desespero. Fechando os olhos, ouviu a voz de Jefferson, enquanto o sol ardia encarnado em suas pálpebras.

— Não tenho pra onde ir — Jefferson disse — e eles ia atrás de mim, de qualquer jeito. Esse um, o Dabney Graves, é um cabra gozado. Tá sempre fazendo piada. Ele pode até ser mau pacaralho, só que vira e mexe entra numas de dar uma moral pros negros contra os brancos. Já vi fazendo. Mas eu, eu odeio ele, mais por isso do que por qualquer outra coisa. Causa de quê quando cansa de dar aquela mão, fica nem aí e pra ele é que se dane. Chupa a cana e taca fora o bagaço. E é aí que os brancos ficam ainda mais severos, justo com quem ele ajudou. Pra ele, não passa de piada. Tá nem aí pra ninguém, só liga pra ele memo...

Todd escutava o fio do desapego na voz do velho. Era como se ele segurasse palavras à sua frente, como um escudo, para evitar seus sentidos mais destrutivos.

— Ele diz que vai e faz um favor procê, depois dá meia-volta e te enforca. Eu, euzinho memo, fico é fora do caminho dele, causa de quê é assim que se faz, o que se tem que fazer.

Se meu tornozelo desse uma trégua, ele pensou. Quanto mais perto rodopio em direção à terra, mais negro me torno, um clarão atravessou sua mente. O suor escorria em seus olhos, tinha certeza de que nunca mais veria o avião se sua cabeça continuasse a girar. Tentou ver Jefferson, o que Jefferson segurava na mão. Era um pretinho, outro Jefferson! Um pequeno Jefferson pretinho se escangalhava de tanto rir, enquanto o outro Jefferson observava com indiferença. Jefferson tirou os olhos de cima da coisa em sua mão, então se virou para dizer algo, mas Todd estava com a cabeça nas nuvens, procurando no céu por um avião num terreno quente e seco, num dia e numa época que ele tinha esquecido há muito tempo. Misteriosamente, estava com sua mãe no meio de ruas vazias, onde rostos negros espiavam por detrás de sombras retorcidas; alguém batia em uma janela e ele olhava para trás para ver uma mão e um rosto assustados acenando alucinadamente de uma porta rachada; sua mãe com a vista baixa: a perspectiva da rua vazia, em que seguia balançando a cabeça apressando-o; de primeira viu só um clarão e um motor zunindo, enquanto, em meio à luz do sol reluzente, teve um vislumbre prateado, circulando, e então viu um estouro, tal como uma fumaça branca sendo expelida, daí escutou sua mãe aos gritos: "Vamo logo, moleque! Tô sem tempo pra essa palhaçada de avião, se adianta"; numa segunda olhada, o avião voando cada vez mais alto, o estouro acontecendo de súbito e a queda vagarosa, em ondas e chispas, feito fogos de artifício, que ele ia observando e sendo apressado, enquanto o ar era tomado por uma enxurrada de cartões em envelopes de catavento pegos pela ventania e espalhados para cima das telhas e dentro das calhas; uma mulher sai desabalada para apanhar um dos cartões, que pega, lê e grita; ele se lança para dentro dos cartões que caem em cascata, apanhando-os como quando no inverno se agarrava aos flocos de neve, e driblando sua mãe, "Ah, se eu te pego, moleque! Venha cá, já falei!". E ele só de butuca quando ela catou o cartão, e viu de seu rosto florescer perplexidade e tensão, enquanto sua voz tremulava, "O Crioléu Deve Permanecer Longe das Urnas", e morreu com um carpido de terror; ele viu os buracos vazios de um capuz branco encarando-o no cartão e, logo acima, olhou o avião espiralando graciosamente, cintilando ao sol, feito uma espada flamejante. E vendo-o pairar nos ares, foi capturado, petrificado entre um espanto de horror e medonha fascinação.

O sol já não estava mais tão escaldante, Jefferson estava chamando-o, aos poucos ele enxergou três figuras se movendo, atravessando em meio aos fardos de feno do pasto.

— Parecem médicos, vindo assim vestidos todos de branco — disse Jefferson.

Finalmente estão chegando, Todd pensou. E sentiu um alívio tão grande dentro de si que achou que ia desmaiar. Só que mal fechou os olhos, foi logo agarrado, tendo de lutar com os três homens brancos que estavam forçando seus braços para enfiá-lo num tipo de casaco. Foi demais para ele, seus braços foram presos junto ao corpo e, com a dor ardendo seus olhos, percebeu que era uma camisa de força. Que piada obscena era essa?

— Isso deve segurá-lo, Sr. Graves. — Ele ouviu.

Todas as suas forças pareciam concentradas em seus olhos, enquanto procurava a cara deles. Aquele falando era o Graves, os outros dois vestiam uniformes de hospital. Estava em uma posição entre dois polos, de medo e ódio, quando ouviu o tal, chamado Graves, dizer:

— Ele tá uma prenda com esse terno, rapazes. Fico satisfeitíssimo que tenham aparecido.

— Esse rapaz não é louco, senhor Graves — disse um dos outros. — Ele precisa de um médico, não de nós. Não vejo motivo algum de você nos trazer aqui; isto pode ser uma piada pra você, mas seu primo Rudolph é bem capaz de matar alguém. Gente branca ou crioulos, não faz a menor diferença...

Todd viu o cara ficar vermelho de raiva. Graves olhou para ele, de cima para baixo, só de risinho.

— Esse tição devia ser enfiado numa camisa de força também, rapazes. Eu soube disso na hora em que o menino do Jeff disse algo sobre um tiziu voador. Cês tudo sabem: não pode deixar os crioulos irem tão alto sem que fiquem doidos. O cérebro do crioléu não foi feito pra grandes altitudes...

Todd só observava a cara vermelha ficar carregada, sentindo que todo o inominável horror e as obscenidades que tinha imaginado tinham se materializado bem a sua frente.

— Vam'bora daqui — disse um dos assistentes.

Todd viu o outro se aproximar dele, percebendo pela primeira vez que estava deitado em uma maca, quando bradou:

— Tira a porra dessas mãos de mim!

Eles se afastaram, surpresos.

— Quê que cê tá falando, ô crioulo? — inqueriu Graves.

Não respondeu nada e achou que o pé de Graves estava apontado para sua cabeça. Pousou-o em seu peito e ele mal conseguia respirar. Tossiu, sem poder fazer nada, assistindo aos lábios de Graves se esgarçarem sobre seus dentes amarelos, e tentou virar a cabeça. Era como se uma mosca semimorta se arrastasse lentamente atravessando sua face; uma bomba parecia explodir dentro de si. Explodiu de cólera, gargalhadas histéricas vinham do fundo do peito, fazendo com que seus olhos se arregalassem, sentiu que as veias do seu pescoço iam estourar. Então, uma parte dele largou aquilo tudo para trás, vendo a surpresa na cara vermelha de Graves e de sua própria histeria. Achou que nunca mais ia parar, que ia morrer de rir. Isso tocou seus ouvidos como a gargalhada de Jefferson, ele o procurou, concentrando seus olhos desesperadamente em seu rosto, como se de algum jeito tivesse se tornado sua única salvação num mundo insano de ultraje e humilhação. Isso lhe trouxe certo alívio. De repente se deu conta de que, embora seu corpo ainda estivesse contorcido, era um eco que não mais ressoava em seus ouvidos. Ele ouviu a voz de Jefferson com gratidão.

— Senhor Graves, as forças armadas disseram pra ele não sair de perto do avião.

— Ô, crioulo, com força armada, sem força armada, cê trata de sair da minha propriedade! O avião pode ficar, por causa que foi pago com o dinheiro do cidadão de bem. Mas cê vai vazar daqui. Morto, vivo, que se dane, tô nem aí.

Todd estava fora de si agora, perdido num mundo de agonia.

— Jeff — Graves disse. — Cê e Teddy, vem cá e sigura ali. Quero que cês pega essa águia preta e leva daqui praquela base aérea da crioulada e larga pra lá.

Jefferson e o garoto se aproximaram dele em silêncio. Ele desviou o olhar, percebendo e duvidando, imediatamente, que só eles poderiam libertá-lo da mais completa e avassaladora sensação de isolamento.

Eles se agacharam para pegar a maca. Um dos assistentes se aproximou de Teddy.

Acha que dá pra você, garoto?

— Acho que dá sim, sô — Teddy respondeu.

— Então, tá; melhor você ir atrás, deixa seu pai ir na frente, pra deixar essa perna pro alto.

Ele viu os homens brancos caminhando na frente, enquanto Jefferson e o moleque o carregavam em silêncio. Então fizeram uma pausa, ele sentiu uma mão limpando seu rosto, e começaram a andar novamente. Era como se tivesse sido arrancado de seu isolamento, sendo devolvido ao mundo das gentes. Uma nova corrente de comunicação fluía entre ele, o homem e o moleque. Eles o moveram gentilmente. Lá longe escutava uma ave-lira-soberba, chamando-o fluidamente. Ergueu os olhos, vendo um urubu imóvel no espaço. Por um instante, toda aquela tarde parecia suspensa, e esperou pelo horror que o assombraria mais uma vez. Então, tal qual uma canção dentro de sua cabeça, ele escutou o cantarolar suave do moleque e viu o pássaro escuro planar em direção ao sol, resplandecendo como um pássaro de ouro flamejante.

A primeira edição deste livro foi impressa nas oficinas da
DISTRIBUIDORA RECORD DE SERVIÇOS DE IMPRENSA S.A.
para a EDITORA JOSÉ OLYMPIO LTDA., em abril de 2024.

*

93º aniversário desta Casa de livros, fundada em 29.11.1931.